雪
國

雪国

Yukiguni

川端康成
Kawabata Yasunari

劉姿君 譯

目次
contents

總導讀

生生流轉的美麗與哀愁——川端康成作品集解說

吳佩珍

二〇二二年適逢川端康成（一八九九～一九七二）謝世五十週年，各界或出版專書，或舉行特展紀念，臺灣的紀州庵文學森林也舉行「川端康成．大江健三郎的島嶼紀行」特展。川端康成除了是日本第一位獲得諾貝爾文學獎的作家，同時也被視爲二十世紀最重要的文學巨匠之一，其文壇重要性可見一斑。此外，他引領的文學現象至今仍未停歇，從以下幾點便可窺見：一、主要作品的文庫版至今持續再版中；二、日本作家中擁有最多翻譯作品者；三、一九七〇年創設的川端研究會對其作品研究的推展不遺餘力，研究者遍布全球。川端文學風潮之所以歷久不衰，其文學特質以及在性／別與引人爭議的政治思想問題點，都是主因。從新感覺派出發，其作品的視點與主題至今依然歷久彌新：穿越文學與電影之間的媒體性與視覺性、解構性／別重新解讀的酷兒研究、現代主義作爲作品主軸的時代性意義、以政治視點重新解讀其作爲二十世紀文學旗手的定位問題。無論從在地化還是全球化的觀點來看，川端康成無疑是最適合被閱讀與被討論的作家。

川端文學的分水嶺，可說是一九四五年八月十五日的日本敗戰。戰後初期，川端自文壇出道以來的親密戰友相繼謝世，如橫光利一（一八九八～一九四七）、菊池寬（一八八八～一九四八）。回顧自己前半生的同時，對戰後的人生，他如是說：「我將自己戰後的生命當作餘生，餘生並不屬於我，想像那是日本美的傳統的展現也不會感到不自然。」對日本傳統美與文化的追求，帶有戰爭傷痕與暗影的人物形塑，以及「佛界易入、魔界難進」的禪宗思想底流，都是戰後川端文學的主要元素。

木馬文化此次出版的川端康成作品選集，網羅川端文學各個階段的代表作品，對欲深入川端文學世界的讀者，是一大福音。包含《伊豆的舞孃》、《淺草紅團》、《雪國》、《舞姬》、《千羽鶴》、《山之音》、《湖》、《名人》、《睡美人》、《古都》、《美麗與哀愁》、《掌中小說》，以及《初戀小說》——收錄以川端初戀情人初代爲藍本的作品群。以下將就各個作品的梗概與評價進行介紹。

《伊豆的舞孃》（一九二六）是川端自述「最受到喜愛的作品」。故事梗概爲高校生「我」前往伊豆旅行途中與流浪藝人相遇，年輕的舞孃薰與「我」之間透過話語與遊戲，關係逐漸親近。薰在澡堂遠遠見到「我」，赤裸著身體跑到門口高聲呼喊，是本作的知名場景。我「只覺心頭一陣清涼」，爽朗地微笑回應，感覺「她是個孩子」。之後無意間，聽到薰與人提及：「我」是個好人，讓因自幼喪失所有至親，性格因「孤兒根性」而扭曲，深感煩悶的「我」非常感動。最後分別時，「我」的心情感覺到既美麗又空虛，「任淚水橫流」，爲「什麼都不留那般的甜美暢快」所包圍。本作帶有川端康成自身濃厚投影的自傳事實，其中少女的純粹、「孤兒根性」與療癒，是川端文學反覆出現的書寫主題。自戰前至今，川端的多數作品被改編爲影視劇，《伊豆的舞孃》被改編爲電影的次數高達六次，爲日本近代文學之冠。舞孃薰一角由各個時期的代表女優與偶像主演，如田中絹代、美空雲雀、吉永小百合、山口百惠等。此作因而被譽爲「確立女優神話」的試金石，這恐怕連川端本人也始料未及。

《淺草紅團》（一九三〇）敍述作家「我」偶然在後街遇見美少女弓子，之後又結識了與弓子相貌並無二致的少年明公；明公便是變裝的弓子。藉由弓子，「我」結識了紅團的少年少女，同時巡查探訪淺草。弓子一直以來想對赤木復仇，因爲姊姊千代在關東大地震時遭其誘姦，導致她的瘋狂。弓子在船中口含亞砒酸丸，與赤木接吻。此時，「我」與春子正在地下鐵食堂的尖塔上，紅團團員則在同一地點目擊了外套染血的弓子被拉進船艙，之後她便行蹤不明。某日，「我」在蒸汽船上目擊扮作賣油女的弓子。從作品最後來看，可知《淺草紅團》是一個「未完結」的作品。此作出版的一九三〇年，東京舉行了「帝都復興祭」——一九二三年的關東大地震摧毀了百分之四十三的東京都，歷經六年半的建設與復興，東京的現代化道路已經足以與倫敦、巴黎媲美，淺草的隅田公園與橋梁的摩登景觀，正是新生東京的象徵。不過淺草象徵並不止於現代性，《淺草紅團》中引用添田啞蟬坊的《淺草底流記》，便是當時淺草表象的代表性言說：「淺草是眾人的淺草……混合各種階級與人種匯聚成一股洪流，不分黑夜白天永無止境，是深不可測的洪流。」這也成爲一九三〇年代的淺草表徵，川端的《淺草紅團》便是將如此言說小說化的作品。全作散見過剩的都市斷片，此外透過弓子的多重身分與變身，呈現淺草三教九流人口的複雜構成。作品的「未完結」即是淺草「深不可測」的象徵。

《雪國》（一九四八）開端的「穿越國境那長長的隧道，便是雪國」，從其爲人熟知的程度，說是川端康成知名度最高的作品也不爲過。連載期間從戰前至戰後，長達十三年（一九三五～一九四七）。作爲單行本發行前，歷經繁複的改稿過程，是川端的代表作。故事敍述「無爲徒食」的主人公島村在火車上偶遇照拂病人的女孩，望著女孩映照在車窗的臉，回想起自己初次造訪北國的溫泉鄉——也是蠶絲與縮緬的產地，以及當時結識的藝伎駒子的情景。此次相隔半年再次造訪，與駒子再會，同時發現同乘火車的女孩叫葉子，其照拂的病人則是駒子師傅的兒子行男。第三度造訪時，已進入秋季。葉子冷不防要求島村帶自己回東京，讓島村興起不得不離開此地的念頭。島村正想著離開的時機，放映電影的蠶繭倉庫起火，與駒子趕到現場時，目擊葉子自倉庫的二樓落下。伴隨駒子尖銳的高喊聲，此時島村抬頭仰望，天上銀河宛如發出聲響，落入島村體內般。此作以日本古典傳統、藝能與風土，如東洋舞踊、歌舞伎和藝伎爲背景，結合現代主義的描寫技法，如以車窗爲鏡像，隨火車前行，在夕陽餘暉映照下葉子「非現實感」的臉龐，甚而三味線琴音如漩渦般將島村的身體捲入任由拉扯，都是此作膾炙人口的橋段。以展現現代性的文學技巧描摹日本傳統風土，是此作獲得世界性矚目的主因。

《舞姬》（一九五一）描寫女主人公波子與家教老師矢木結婚二十餘年，育有夢想成爲芭蕾舞者的女兒品子與大學生兒子高男。一家生計均由波子的芭蕾舞教室維持，舊友竹原則是波子商談的對象。朝鮮戰爭之初，矢木陷入戰爭恐慌症，與高男企圖逃往海外。波子發現自己愛上了竹原，決意離婚。品子則奔向心儀的香山身邊。矢木一家陷入分崩離析。此作被評爲：對於將戰後的私小說與報導當作小說閱讀的讀者而言，作者證實了小說也是文學，也能夠是藝術。此外，戰後川端文學基調的「魔界」，首次出現在此作。波子、品子與友子三位芭蕾舞者，因未能如作中描述的天才舞蹈家尼金斯基般，成爲「進入魔界的眞正藝術家」，這般「無力感」反映出川端的戰後觀與認知。活在煩惱之人將如此「自我投影」的姿態視爲美，將煩惱（現實的醜惡）昇華至美，即是「魔界」的特徵，也是作家川端的一種創作方式。一九六八年獲得諾貝爾文學獎的紀念演講中，川端進一步言及源自一休宗純禪師的「佛界易入、魔界難進」，即「魔界」一詞的出處。

《千羽鶴》（一九五二）以茶道世界爲背景，描寫三谷菊治與父親的情婦太田夫人及其女兒文子在茶會上相遇，同是父親情婦的栗本千佳子與其弟子稻村雪子也出現在茶會上。太田夫人因菊治貌似父親而心生愛戀，兩人進而發展爲男女關係。知道兩人關係的栗本千佳子企圖破壞兩人，卻反而加深其情感。太田夫人因陷入愛欲與罪疚的兩難境地，最後自行結束生命。菊治雖爲稻村雪子所吸引，卻仍由與太田夫人的身體彷彿並無二致的文子奪去了自己的心，之後與文子在自家的茶室發生關係。事後，文子將母親遺物志野茶碗在洗手缽砸碎後，便失去蹤影。之後，菊治迎娶雪子，但因與太田母女的敗德與亂倫關係，導致遲遲無法與雪子有實質的夫妻關係，菊治的苦惱與日俱增。《千羽鶴》幾經增幅，收入最終章的版本在一九五二年出版，續篇《波千鳥》則在一九五六年出版。此作被視爲「傳統美的承襲者，其愛欲世界與珍稀茶器的世界完全重疊，展現出『美的絕對境界』」，作中錯綜複雜的愛欲與人際關係則承襲了《源氏物語》與中世文學的源流。

《山之音》（一九五四）以鎌倉爲舞臺，描寫終戰不久後，六十二歲的尾形信吾一家四口的生活日常。除了信吾，還有妻子葆子，從戰場歸來的長男修一及其妻菊子。一家人的日常便是一起觀賞電影《勸進帳》、颱風停電、長女房子離婚回娘家，以及出席友人葬禮。其中的「非日常」便是菊子的人工流產事件；這肇因於修一與戰爭未亡人絹子的不倫關係，象徵戰爭傷痕的陰影籠罩信吾一家。此作對戰後不久家族的日常生活做出精緻的寫實描繪，即使如此，信吾仍在這日常之中發現了美與神祕。例如「山之音」一章，他在月夜的庭園中聽著「彷彿夜露在樹葉與樹葉間落下的聲音」。作品整體蘊含詩的結構，這可從同樣的主題在各章反覆出現的組成所看出。如「做夢」在第二章「蟬翅」、第五章「島之夢」、第八章「夜之聲」、第十二章「傷後」、第十四章「蚊群」、第十五章「蛇卵」的反覆描寫。一九五四年的改編電影由擅長女性電影的成瀨巳喜男執導，原節子演出，川端也表示是自己喜歡的電影。

《名人》（一九五四）經過長期的增幅與推敲，自一九三八年起以〈名人引退棋賽觀戰記〉爲題，在《東京日日新聞》連載。一九五四年則以《吳清源棋談・名人》爲題，發行單行本，敘述第二十一世本因坊秀哉名人在一九四〇年一月十八日早晨於熱海的鱗屋旅館去世，距離其最後的圍棋賽結束，僅過一年。生平無敵手的名人在生涯最後的勝負敗下陣來，名人之死被視爲其個人以及傳統藝道的終焉。一九三八年於芝的紅葉館對局，在嚴格平等的規範下進行比賽。相較於對手善用棋盤之外的戰術，如巧妙運用休息時間等，以圍棋傳統爲藝道的名人根本不敵盤外的爾虞我詐，就此輸掉生涯的最後一戰。針對此作的文類到底是隨筆還是小說，各有主張。另一方面，此作的新視點，則是將個人相對於時代，將日本的敗戰與名人的敗陣，進行重層化的解讀。

《湖》（一九五五）曾被文藝評論家中村眞一郎評爲：「戰後的日本小說中最值得矚目的完美成就。」本作也是戰後川端文學主軸「魔界」的本格化作品。主人公桃井銀平自喻爲「魔界的居住者」，故事整體以其奇特行徑爲主軸，若是中意的美麗女性，便加以尾隨。遇見美少女町枝時，銀平妄想著：「想在這美麗黑色眼珠中的湖泊裸泳。」書中將他對女性暗藏的情念，以現實、回顧、幻想、妄想形式呈現，這些情念以連鎖串聯的「意識流」描寫，推進故事的開展。這樣的聯想文學形式，中村眞一郎指出是日本中世文學的連歌手法再現。此外，此作被認爲是從寫實主義的桎梏中解放，與法國象徵主義文學產生共通性。

《睡美人》（一九六一）為五章構成的中篇小說，被視為「魔界」主題作之一。是川端文學後期的代表作，具前衛與頹廢意趣。敍述由已喪失男性機能的賦閒老人組成的「祕密俱樂部」，俱樂部會員之一的江口老人在海邊旅館中，與因服用安眠藥而失去意識陷入昏睡、全身赤裸的年輕女子們度過夜晚的故事。主人公自覺步入老衰，在這歡樂館邸中仔細眺望「睡美人」們的年輕肉體，同時回想過去的戀人、自己的女兒以及死去的母親。各種片段的回憶、妄念、夢想來去心間，全作主要描寫其官能欲望與頹唐。此作迥異於以傳統日本之美為基調的《古都》與《千羽鶴》的意趣，並且常被拿來與谷崎潤一郎同為描寫老人的「性」的《瘋癲老人日記》相提並論。三島由紀夫與愛德華．賽登斯蒂克（Edward G. Seidensticker）譽為「無庸置疑的傑作」，之後的文藝評論也採用此一評語。

《古都》（一九六二）是川端康成諾貝爾文學獎得獎作品，也是其重要的代表作。事實上，海外的評價要高於日本國內。作品以京都為舞臺，敍述織物老鋪的女兒千重子，雖深得父母疼愛，卻始終煩惱自己是否為棄嬰，父母則解釋她是在祇園祭期間的夜櫻樹下遭誘拐而來。葵祭過後的五月下旬，千重子造訪北山杉林，在山中遇見與自己相貌一模一樣的苗子。之後在七月的祇園祭宵山，兩人再度相遇。苗子告訴千重子，兩人是孿生姊妹，父母俱在。此外，周旋在千重子身旁的男性有和服腰帶織物職人秀男、千重子的青梅竹馬眞一及其兄龍助。秀男起初誤將苗子當作千重子，之後進而向她求婚。苗子認爲他所愛之人並非自己，而是千重子的幻影，因而拒絕他的求婚。千重子邀請苗子到家中，苗子下定決心只見她一次。姊妹倆同床，度過幸福的一晚。隔天早晨，苗子便離開粉雪微飄的古都，回到北山杉的村落。作品世界中同時存在千重子的線性時間意識與京都空間的循環性時間結構，交錯推進故事進行。其中人物的相遇與關係變化都伴隨古都四季循環的重要祭典：葵祭、伐竹會、祇園祭、大文字，讓人體現川端文學立基的傳統美學與古典風土。

《美麗與哀愁》（一九六四）敍述已婚的小說家大木在年輕時愛上女學生音子，音子懷孕後死產，歷經自殺未遂進入精神病院，後與母親移住京都。大木以小說〈十六、七歲少女〉確立文壇地位，音子也成爲知名畫家。音子的弟子坂見景子對音子懷抱情感，卻發現音子仍愛著大木，於是展開復仇。除了誘惑大木，還將矛頭指向大木的兒子太一郎。兩人在琵琶湖同乘快艇，之後發生事故，船沉入湖底，只有景子獲救。出版當時，此作被定位爲「通俗的羅曼史小說」，多爲負評；但也有評論認爲，因是爲女性雜誌（《婦人公論》）而寫，屬於輕鬆調性的中間小說[1]。時至今日，此作被定調爲：本格的藝術小說，尖銳地指摘現實與空想之間的矛盾，同時帶有通俗性。

《掌中小說》（一九七一）：在新感覺派《文藝時代》同人當中，川端的「掌中小說」

創作量最豐。川端曾在一九二六年一月的〈掌篇小說的流行〉一文中，提及「所謂掌篇小說，是輯錄《文藝時代》新人諸氏的極短篇小說，由中河與一命名」，同時認爲，藉由掌篇小說的流行，小說的創作會如短歌、俳句般出現普及的可能性。也期待此文類能促進日本獨特的發展，最後在特殊的文學傳統與國民性中完全落地生根。從一九二一年七月的〈油〉到一九七二年八月的〈雪國抄〉，目前列入掌中小說群的作品共計一四六篇，川端的掌中小說被譽爲「在如散文詩般被切割的小小世界中，吞吐巨大的文學世界，同時變換自在地驅使形形色色的樣式。（長谷川泉〈掌の小說論〉）」，是川端被視爲獨步文壇的重要文類。

《初戀小說》（二〇一六）收錄川端以初戀情人伊藤初代爲藍本的作品：所謂「千代文」的作品群。此作品集由新潮社於二〇一六年發行，出版的起因爲：二〇一四年發現了初代寫給川端的十一封信，以及川端寫給初代卻未寄出的信函。此作亦收錄川端的女婿，也是川端康成紀念會理事長川端香里男的〈解說〉，介紹兩人從結識、訂婚到初代片面悔婚乃至川端試圖理解初代的念想如何化作一篇篇創作的過程。收錄作品的創作時間從一九二三年到一九六三年，可見伊藤初代事件對川端文學的深刻影響。川端這段永遠無法成就的青春稚嫩的戀情，與對純潔少女懷抱的夢想、神聖處女面影的憧憬、孤兒的成長歷程等主題融合，形成其文學特徵的基盤，也是形塑川端文學的重要元素。

直接將初代的事件作爲題材的作品群，在發表當時並未收入刊行本。直到川端五十歲初次發行全集時，才首次收錄。在後記中，川端引用自己當年的日記，回顧自己的半生，並對於此作品群的藍本，首次進行具體的詳述。一九二三年發表首篇〈南方之火〉，其命名源自初代於丙午（一九〇六）年出生，「丙爲陽火，午爲南方之火」（《初戀小說》）。作品群中重複出現的「非常之事」出自初代給川端的訣別信內容，也就是初代爲何突然悔婚的謎團。隨著二〇一四年兩人的書簡出土，經初代的三男櫻井靖郎證實，終於解開謎團：初代當時遭西方寺的僧侶強暴。此外，初代也在戰後的日記中寫下，已在一九二二年將此事原委告知川端。

（本文作者爲國立政治大學臺灣文學研究所教授）

雪國

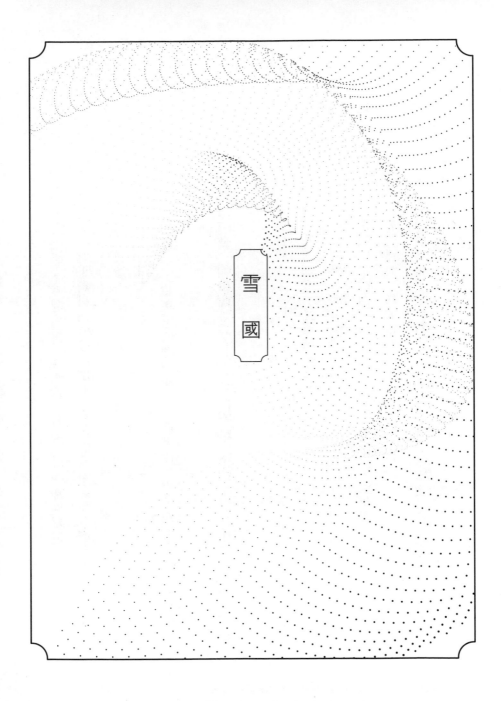

穿過國境1那條長長的隧道，便是雪國。夜幕底一片瑩白。火車在號誌站暫停。

女孩自對側座位站起來，拉下島村前方的玻璃窗。雪夜的冷空氣流淌進來。女孩全力探出窗戶，朝遠方呼喚般喊道：

「站長先生——站長先生——」

提著燈緩緩踏雪而來的男子，脖子上的圍巾連鼻子都裹住，帽子的毛皮垂下來蓋住耳朵。

島村心想已經這麼冷了嗎，朝車窗外看，唯有看似鐵路官舍的小屋冷冷散立於山腳，雪色未至便已被黑暗吞沒。

「站長先生，是我，您好呀！」

「哦，這不是葉子嗎。妳回來啦。又變冷了呢。」

「我弟弟說往後在您那裡做事，要麻煩您照顧了。」

「像我們這種地方，很快就會冷清得受不了。眞可憐，他還這麼年輕。」

「他還小，請站長多多教導他，麻煩您了。」

「好啊。他幹得挺賣力的。接下來有得忙了。去年多雪，常雪崩，火車困得動彈不得，村子裡也忙著給乘客送吃的哩。」

1／此處的隧道爲清水隧道，穿越三國山脈中的谷川岳，南北兩端分別是群馬縣與新潟縣。三國山脈爲舊時藩國上野國（今群馬縣）與越後國（今新潟縣）之天然國界，所謂「國境」便來自於此。

「看站長先生您穿得好厚實，弟弟信裡卻說連夾衣都還沒穿。」

「我穿了四件和服。年輕人一冷就猛喝酒，醉了便往旁邊倒，現在一個個都感冒了。」

站長將手上的燈朝官舍的方向揚起。

「我弟弟也喝嗎？」

「那倒沒有。」

「站長先生您要回去啦？」

「我受了傷，要定期就診。」

「哎呀，那眞是太糟糕了。」

和服外罩著大衣的站長似乎想結束站在寒風中的談話，已經轉過身去說：

「那我走啦，多保重。」

「站長先生，我弟弟這會兒沒出來值勤嗎？」葉子的視線在雪地上搜尋一陣。

「站長先生，請多照顧我弟弟，麻煩您了。」

她的聲音淒美無比。又高又亮，彷彿從夜裡的雪傳來回聲似的。

火車開動之後，她仍沒有從窗戶縮回上身。待火車追上走在鐵軌下方的站長。

「站長先生，請轉告我弟弟，讓他下次休假時回家一趟。」

「好——」站長揚聲答應。

葉子關上窗，雙手捂著泛紅的臉頰。

這是備有三輛除雪車嚴陣以待雪季的國境山區。隧道南北兩端牽有以電力運作的雪崩通報線。總計五千名除雪夫與青年義消共兩千人完成整備，隨時待命。

得知這年冬天，那個叫葉子的女孩的弟弟，要在這樣一個即將被大雪掩埋的鐵路號誌站工作，島村對她愈發感興趣了。

但是，稱她爲「女孩」，是因爲在島村眼中看來如此，至於與她同行的男子是她什麼人，島村自然不得而知。兩人的舉止形同夫婦，但男子顯然是病人。面對病人時，男女之防往往會鬆懈，愈是悉心照顧，看來愈像夫婦。實際上當女人照撫比自己年長的男子，那小媽媽般的舉止，遠看也多半會被當成是夫婦。

其實島村只是將她單獨區隔開來，從她的外貌舉止予人的感覺，擅自認定她是女孩而心動罷了。不過，或許因他以不可思議的眼光注視那女孩太久，反倒增添了許多他自身的感傷。

早在三個小時前，島村百無聊賴地盯著動來動去的左手食指打發時間，卻發現只有那根手指栩栩如生地記得他正要去見的女子，記憶卻又不可靠，愈是急著回想清楚，便愈是不可捉摸地模糊遠去，其中唯有這根手指因女子的觸感此刻也濡溼著，好似要將自己拉向遠方的女子，令他在感到不可思議的同時，將手指湊到鼻尖嗅聞，又任由那根手指在車窗玻璃上畫線，卻見上頭清清楚楚浮現一隻女子的眼睛。他差點失聲驚呼。但那其實是因爲他的心思飄向了遠方，等回神一看根本沒什麼，就是坐在對側座位的女子倒影。外頭暮色四合，火車內又亮著燈，於是車窗玻璃成了鏡子。但是，蒸氣的暖意讓玻璃蒙上一層水氣，若非伸指擦去也成不了鏡子。

只映出女孩的一隻眼睛反而異常美麗。島村將臉湊近車窗後，隨即裝出一副想觀賞夕景的旅愁貌，伸出手心擦了擦玻璃。

女孩胸口微微前傾，專注俯視著躺在她面前的男子。從她緊繃的肩膀，還有那雙略顯嚴肅、眨也不眨的眼睛，都可以看出她多麼認眞。男子頭靠窗躺著，屈起的腿架在女孩身旁。這是三等車廂。他們不在島村的正旁邊，而是在前一排的對側座位，男子又橫躺著，所以鏡面般的玻璃只映出男子臉孔中的耳朵部分。

女孩正好坐在島村的斜對面，逕自看去也照樣得見，但當她們上車時，島村驚豔於女孩清冷逼人的美而垂下眼的那一刻，驀然瞥見男子枯黃泛青的手緊緊抓住女孩的手，便不好意思再往那邊看。

鏡中的男子臉色平靜，一副只要望著女孩的胸口便安心的神情。儘管體力虛弱，但虛弱中仍散發出甜美的協調。他枕著圍巾，讓圍巾覆在鼻子下方蒙住整張嘴，然後往上包住臉頰，就像包頭巾一樣，但一會兒鬆開、一會兒罩住鼻子。男子的眼睛將動未動之時，女孩便以溫柔的手勢爲他重新理好。兩人心無旁騖地一再重複同樣的事，連一旁的島村都不禁煩躁起來。而且，裹住男人雙腿的大衣衣襬時不時鬆開垂下。女孩也是立刻注意到，爲他裹好。這些舉動都極其自然。兩人的樣子甚至令人認爲他們會就此忘了何謂距離，前往無止境的遠方。因此島村才會沒有凝望悲涼的那份酸楚，彷彿看著夢幻的西洋鏡。或許也因爲他是從那神奇的鏡子裡看到這些景象。

夕景在鏡子底流動，換句話說，映照出來的影像與顯像的鏡面，猶如電影的重疊手法般各自運作。登場人物與背景毫不相干。而且人物是透明的虛幻，風景是暮色的朦朧流動，兩者在融合中描繪出非現世的象徵世界。尤其當山野間燈火在女孩的臉龐中央驀然亮起時，那難以言喻之美令島村的心爲之震顫。

遠山的上空殘留一絲晚霞餘輝，透過車窗所見的風景直至遠方形貌仍在，但已經失了顏色，於是無論到哪兒都平凡的山野顯得更加平凡，而正因沒有任何惹人注目之處，反而隱隱翻湧著情感的滔滔洪流。當然那是女孩的臉浮現其中的緣故。車窗鏡像中的女孩輪廓旁夕景流動變化，令人感到女孩的臉也是透明的。但是否真的透明，卻因夕景在臉後方毫不停息地川流而過，予人從臉龐表面通過的錯覺，以至於想看清時卻捕捉不到。

車廂裡不怎麼明亮，車窗也不如真正的鏡子清晰。沒有反射。因此，當島村凝望著出神，便漸漸忘了鏡子這回事，只覺女孩飄浮在流動的夕景之中。

這時，她臉上亮起了燈火。鏡中的影像並未強烈得足以蓋過窗外的燈火。燈火也未能蓋過影像。於是燈火便從她的臉上流過。卻也沒有教她的臉燦然生光。那是寒冷而遙遠的光輝。在小小瞳仁四周微微發亮，亦即當女孩的眼睛與燈火重疊的那一瞬間，她的眼睛便是在暮色浪濤間飄浮的一隻妖豔美麗的夜光蟲。

葉子自然無從察覺自己被人這樣凝視著。她的心思全在病人身上，即使轉頭望向島村那邊，也看不見自己映在車窗上的身影，恐怕更不會留意一個眺望窗外的男子吧。

島村窺視葉子良久，卻忘了此舉的唐突，多半是因爲他被夕景之鏡那非現實的力量俘虜了。

也許島村早在她喊住站長，同樣展現出過分認眞的個性時，就已萌生好奇，暗忖女孩的身上似有故事。

火車經過那號誌站時，窗戶已然全黑。窗外流動的風景一消失，鏡子便也失去了魅力。

儘管上頭仍映出葉子美麗的容顏，她的舉止溫柔依舊，島村卻從她身上發現了一股清冷，連鏡子起霧了也不打算擦拭。

然而，島村沒料到短短半個鐘頭之後，葉子兩人也在同一站下車，他一副又將發生與自己相關的事似的回頭，但一迎來月臺的寒意，驀然對於自己在火車上的無禮感到羞愧，便頭也不回地從蒸氣火車前走過。

男子扶著葉子的肩要下車時，這頭的站務員舉手加以制止。

不一會兒長長的貨運火車從黑暗中現身而來，隱沒了兩人身影。

旅館拉客的掌櫃一身防寒裝束，嚴實得活像火場中的消防隊員。只見他包住耳朵，穿著橡膠長靴。站在候車室從窗戶望著鐵路那邊的女子也穿著藍色斗篷，戴上了斗篷的兜帽。

火車上的暖意猶在，島村尚未感受到外頭真正的寒冷，但這是他頭一次遇上雪國的冬日，當地人的裝束兀自已令他大吃一驚。

「冷到要穿成這樣啊？」

「是啊，已經完全換上冬裝了。尤其是雪後放晴的前一晚特別冷。今晚恐怕也要零下了。」

「這樣是零下啊。」島村望著屋簷下小巧玲瓏的冰柱，隨旅館的掌櫃坐進汽車。雪的顏色讓家家戶戶低矮的屋頂顯得愈發低矮，村子彷彿深深地沉在底下。

「難怪無論碰到什麼，那寒冷就是與眾不同。」

「去年最冷是零下二十幾度。」

「雪呢？」

「這個嘛，通常是七、八尺，多的時候可能還超過一丈二三尺[2]。」

「大雪還在後頭呢。」

「是呀。這場雪本來下了足足一尺，但大多都融了。」

「原來也會融啊。」

「眼下隨時都可能下大雪。」

已是十二月初了。

島村那萬年感冒似的鼻塞，一下子暢通到腦芯，彷彿要將汙垢一洗而空般，鼻水直流。

「師傅家的女孩還在嗎？」

「是的，還在、還在。她剛剛就在車站，您沒瞧見嗎？穿著深藍色的斗篷。」

「那就是她嗎？——晚點能叫她來吧？」

2／此處的尺、丈與臺尺、臺丈相同，分別爲一尺＝三〇・三公分、一丈＝三・〇三公尺。

「今晚嗎？」

「今晚。」

「她說師傅的兒子會搭那班末班車回來，去接人了。」

原來在夕景之鏡裡葉子悉心照顧的病人，就是島村來見的那女子家裡的少爺。

一得知此事，島村感到好像有什麼掠過了心上，但他並不認爲這場偶遇有何奇怪。反倒認爲不覺得奇怪的自己才奇怪。

憑手指記住的女子，與眼中亮起燈火的女子，不知怎地，島村覺得似能在內心深處看見這兩者之間會有些什麼、或將發生什麼。這是因爲自己還未從夕景之鏡中完全清醒嗎？那流動的夕景，莫非象徵著歲月流光？——他驀地裡如此喃喃自語。

滑雪季前夕是溫泉旅館客人最少的時節，待島村泡完室內溫泉出來，已是萬籟俱寂。每踏出一步，老舊走廊的玻璃門便輕聲作響。這長廊盡頭帳房的轉角，一名女子昂然挺立，拖長的衣襬冷冰冰地在黑亮的木頭地板上展開。

終究當了藝伎嗎——島村看到那衣襬心頭一驚，但她既沒有朝自己走來，也沒有放軟身子做出迎接的媚態，即使遠觀，島村也能從那身巍然不動的站姿看出她的自持莊重，便匆匆過去，但在女子身旁站定後還是默默無語。女子塗了濃濃白粉的臉想朝他微笑，卻反而成了哭喪的臉，於是兩人一言不發邁步走向房間。

明明有過那種關係，島村卻沒寫信，沒來找她，承諾的日本舞舞步的書也未依約寄來，女子想必也只能笑笑就當被遺忘了。所以照說應是島村先道歉或是解釋一番，但儘管沒瞧她的臉，走著走著仍可察覺她不僅沒責怪他，渾身淨是對他的依戀。因此他更加認爲無論說什麼，那些話聽起來都只會暴露出自己的不誠懇，就此陷入爲她所折服的甜美喜悅之中。來到樓梯口時，島村說了：

「它最記得妳了。」只見島村突然左手握拳，伸出食指遞到女子面前。

「是嗎？」她說著，隨即握住他的手指不放，牽著他上了樓。

在暖爐桌前一鬆手，她立時連脖子都紅了，爲了掩飾又匆匆拾起他的手，一邊問：

「是它記得我嗎？」

「不是右手，是這隻手。」島村將右手從女子的手心抽出來伸進暖爐桌，然後再伸出左拳。她若無其事地說：

「嗯，我知道。」

她輕笑著攤開島村的手掌，將臉貼在上面。

「是它記得我嗎？」

「哦，好冷。頭一回摸到這麼冷的頭髮。」

「東京還沒下雪嗎？」

「妳那時雖那樣說，但畢竟還是騙人的吧。要不然，誰會在年底跑來這麼冷的地方。」

那時——雪崩的危險期已過，邁入遍目新綠的登山季節。

五葉木通的嫩芽也將從餐膳中消失。

島村遊手好閒，不自覺中連看待自己都變得玩世不恭。他覺得山野有助於復元，便常獨自去山中健行，當晚也是時隔七日自國境群山下山來到溫泉鄉，吩咐人叫來藝伎。然而，那天恰逢道路工程峻工慶祝會，熱鬧得連村裡的蠶房兼戲棚都充當起宴會廳，十二、三名藝伎哪裡忙得過來，恐怕沒法轉檯過來，不過，師傅家的女孩雖然會去幫忙，但頂多跳上兩、三首曲子就會回來，說不定她願意來。於是島村追問起來，女侍大致簡要說明了：三味線與日本舞師傅家的女孩雖然不是藝伎，可有時遇到大型宴會也會受託去幫忙。當地沒有「半玉[3]」，年紀大不願起身跳舞的卻很多，因此女孩頗受看重。雖說她極少單獨到旅館赴席，卻也不能說是全然的外行人。

島村聽了這番含糊的說詞便不抱期望，但約一個鐘頭後，女侍帶了人來，島村眼睛一亮

3／學藝未成尚未出師的藝伎，因收費（稱爲「玉代」）只有藝伎的一半，稱爲「半玉」。

立時坐正身子。女侍隨即起身要走，女人拉住她的袖子，讓她又坐回去。

女人給人的印象是出奇得乾淨，令人猜想她會不會連腳趾腹的縫隙都是乾淨的。島村不禁懷疑是自己看多了山中清新的初夏。

她的和服雖有幾分藝伎的風情，但當然沒拖著長衣襬，柔軟的單衣算是穿得中規中矩，唯腰帶看來貴重得突兀，看起來反而讓人心疼。

見他們聊起山的話題，女侍便趁機告退。但女人連這村裡能望見的那些山叫什麼都說不太上來，島村也沒有喝酒的興致，於是女人意外坦然地說起自己生在這雪國，在東京學藝時被贖了身，本打算將來當日本舞師傅維生，偏偏才一年半老爺就死了。她與老爺死別至今的這段時日，恐怕才是她真正的身世，可她卻突然就不肯說下去。她聲稱十九歲。要是沒謊報，那麼島村面對十九歲看來像二十一、二歲的她，才終於能放鬆下來。聊起歌舞伎，發現女人對演員的表演風格和軼聞比他還靈通。或許是早就渴望聊這些話題的對象，她談得熱切投入，逐漸流露出身花柳界的女人熱絡關係的手法。對於男人的秉性似乎也有所了解。但他劈頭已認定女人是良家婦女，又才整整一星期沒和人談上幾句話，心頭暖暖地洋溢著對人的懷念，因而對女人萌生近乎友情的好感。山間的感傷餘韻就此殘留在女人身上了。

翌日午後，女人將泡溫泉的盥洗用具放在走廊外頭，來到他房裡玩。

她還沒坐定，他便突然要她幫忙介紹藝伎。

「介紹？」

「妳明知道我的意思。」

「眞討厭。做夢都沒想到有人會要我做這種事。」說罷，她別過頭，起身站到窗邊眺望國境群山，不覺雙頰便染紅了，

「這裡沒有那種人。」

「騙人。」

「是眞的。」她說著，又一個轉身面對島村，往窗臺坐下，

「這兒從不強迫人，都看藝伎的意願。旅館也完全不幫這種忙。是眞的，你找人問問便知。」

「妳幫我找找嘛。」

「爲什麼我得幫你找？」

「因爲我當妳是朋友，想和妳維持這種情誼，才不找妳。」

「這樣就叫朋友？」女人被激得吐出了稚氣的話，隨即又撒氣般說道：

「你可眞了不起，居然好意思要我做這種事。」

「這又沒什麼。我身子雖在山裡壯了起來，腦袋仍不太清醒。就連在妳面前也不能痛快暢談呢。」

女人垂眼不語。到了這個地步，島村索性露出男人的涎皮賴臉，但料想女人當早習慣懂事地答應了。或許是睫毛濃密，島村望著那雙低垂的雙眼只覺溫暖動人，卻見她微微搖晃著臉龐，頰上淺淺泛紅。

「去找你喜歡的來吧。」

「所以我這不是在問妳嗎。我從沒來過這兒，哪裡知道誰漂亮呢。」

「怎麼樣算漂亮？」

「年輕的好。年輕的無論哪一方面都不會太離譜。不要多話的，傻一點、沒學得精明世故的，乾淨的就行。想聊天時我會找妳。」

「我不會再來了。」

「別說傻話。」

「哎喲，我不會來了喔。我來做什麼？」

「我就是想同妳保持清清白白的來往，才不找妳的呀。」

「眞可笑。」

「要真找了妳，搞不好明天我連看都不想再看到妳了。也不會有談天的興致。我從山裡來到有人煙的地方，難得想與人親近，所以才不找妳。畢竟我是個旅客啊。」

「嗯，這倒是真的。」

「就是啊。站在妳的立場也是，要是我找了一個妳討厭的女人，事後見面妳心裡也會不舒服吧，那還不如妳幫我挑一個。」

「我哪知道！」儘管她猛地丟下這句話別過頭，卻又說：

「話倒是沒錯。」

「要是真找妳就完了。沒意思了。關係也不會長久。」

「對，真的都是這樣呢。我是港邊出生的。可這兒不是溫泉鄉嗎？」女人出乎意料地以坦誠的語氣說道：

「客人絕大多數是旅客。我雖然還是個孩子，卻聽很多人說，都是心裡喜歡卻又沒能當面說明白的人，才會讓人直掛在心上，忘不了。分開之後好像都是如此。對方也是，會想起來、會寫信來的，大多都是沒說的。」

女人從窗臺站起來，這回輕輕在窗下的榻榻米坐下。她那副神情就像是要追憶往昔，這才突然坐到島村身邊。

她的聲音眞情流露，反倒令島村感到內疚，擔心是不是隨口幾句話就騙了她。

但他並沒有說謊。這女人總是個良家婦女。他對女人的情欲，無需向這女人索求，就能不帶罪惡感地輕易滿足。她太乾淨了。從第一眼見到她，他便將她和這回事分開來看。

況且當時他正對夏天的避暑地猶豫不決，盤算著帶家人來這個溫泉村。這麼一來，還要慶幸她不是藝伎，可以請她當妻子的伴遊，妻子也可以向她學上一首舞藉以消遣。他的確眞心這麼考慮著。說是對女人萌生友情，卻也不免摻了點心思。

當然這也少不了那面夕景之鏡的影響。他不僅不願與眼前這名來路不明的女人事後糾纏不清，可能也抱持著非現實的看法，如同日暮時分那映在火車車窗上的女子容顏。

他對西洋舞蹈的興趣也是如此。島村在東京的下町長大，自幼便熟悉歌舞伎，但求學時喜好便轉爲日本舞和所作事[4]。基於那不研究透徹便不罷休的個性，他四處尋求古老的文獻紀錄、走訪各流派的當家大師，後來還認識了日本舞的新人，甚至撰寫研究、評論類的文章。於是他對日本舞傳統的因循守舊也好、新嘗試的孤芳自賞也好，自然深感不滿，遂激起我不入地獄誰入地獄、非親身投入運動不可之心。但當日本舞新生代也找上他時，他卻突然轉向西洋舞蹈，從此不再瞧上日本舞一眼，反而致力蒐集西洋舞蹈的書籍和照片，連海報和節目單等都不辭勞苦設法自海外取得。他這麼做，絕非僅僅出於對異國與未知領域的好奇。

4／由長歌伴奏、在歌舞伎的舞臺上演出的舞蹈。

他從中發現的喜悅，卻是在於人們無法親眼看見西洋人的舞蹈。證據是，島村對日本人跳的西洋舞蹈從來就不屑一顧。依據西洋印刷品來書寫西洋舞蹈，可是再輕鬆不過。看不到的舞蹈根本不存在。沒有什麼是比這更空泛的紙上談兵、更接近天國的詩篇。即使名爲研究，也只是他恣意的想像，他欣賞的不是舞蹈家那鮮活肉體舞動的藝術，而是他自身基於西洋的文字和照片而生的幻想所舞動的幻影。那近乎於憧憬沒見過的愛情。而且由於他經常撰寫介紹西洋舞蹈的文章，還因此躋身作家之流，儘管他心下兀自冷笑，有時卻也爲無業的他帶來片刻撫慰。

這樣的他談起日本舞來，竟促使女人與他愈發親近，這些知識也算是在相隔許久之後又於現實派上用場。可說不定島村終究是在有意無意間，將女人看成西洋舞蹈了呢。

因此，當他看到那番帶著幾分淡淡旅愁的話似乎觸動了女人生活中的痛處，心中便升起欺騙女人的內疚。

「這樣的話，下次就算我帶家人來，還是可以坦蕩蕩地同妳暢遊。」

「是呀，這我非常明白。」女子沉聲微笑，略帶藝者風格地歡笑道：

「我也最喜歡那樣，君子之交才能長久。」

「所以妳去幫我找一個來嘛。」

「現在？」

「嗯。」

「眞教人吃驚。這大白天的，我哪裡說得出口呢？」

「我可不要別人挑剩的。」

「你會這麼說，可見你將這裡誤以爲宰肥羊的溫泉鄉了。光看村裡這光景你還不明白嗎？」女人以一副極其遺憾的嚴肅口吻，再三力陳這裡沒有那種女人。島村一質疑，女人也當了眞動起肝火，但仍退讓一步，說願不願意要看藝伎自己，但若沒向家裡[5]說一聲便留宿可得自行擔責任，後果如何家裡不會照管；但若向家裡說了便是東家的責任，無論如何都會照應到底，就差在這裡。

「什麼責任？」

「像是懷上孩子，或是弄壞身體。」

島村對自己的蠢問題苦笑，一面心想，也許這山村裡還眞是如此悠哉的作法。

或許是遊手好閒的他會自然而然尋求保護色，所以他對旅途上見聞的民風，有著本能的敏感。從這一下山便抵達的村落儉樸無華的景致中，他立時領略到一種恬靜，在旅館一問，果然此地也是這雪國裡日子過得最閒散的村子之一。直到近年鐵路開通之前，大多是農家的

5／此處的「家裡」指的是「置屋」，即負責藝伎生活起居、安排表演場次的地方，功能類似經紀公司。藝伎都要設籍於置屋，由置屋負責培養才藝、出席宴會、管理收入等。

人來泡溫泉治病。有藝伎的店好比料理屋或甜品鋪都掛著褪了色的布簾，只消看一眼那燻黑髒汙的舊式紙拉門，就令人懷疑到底有沒有客人上門。有的日用雜貨店和零食鋪會養一個藝伎，老闆除了店務還要下田。多半因爲她是師傅家的女孩，儘管沒有鑑札6 仍偶爾去宴會上幫忙，卻也不至於會有藝伎見怪吧。

「大約有多少人？」

「藝伎嗎？十二、三個吧。」

「要找哪個好呢？」島村說著站起來按了鈴。

「我要回去嘍？」

「妳可不能走。」

「不要。」女子像要甩掉屈辱般說著：「我回去了。別擔心，我不介意這些事。我會再來的。」

但一看到女侍，便又若無其事坐下。女侍問了幾次要叫誰，女人都沒有指名。

然而不久來了一個十七、八歲的藝伎，島村只看一眼，下山進村時想要女人的欲望便蕩然無存。膚色黝黑的手臂骨節分明，仍帶著幾分稚氣，看來倒是純樸老實，他便努力不露出敗興之色面向藝伎，但視線忍不住落在她身後窗中新綠的群山。見島村不作聲，女人自覺識

6／當時警署發行的藝伎營業許可。

相地默默起身離去，這一來場面更加冷清，島村估量著好歹也耗了約一個鐘頭，尋思如何打發藝伎回去，忽然想起了收到電匯這回事，便藉口說要趕郵局，與藝伎一同出了房間。

但是，當島村在旅館的玄關一抬頭，望見散發濃濃嫩葉味的後山，猶如受引誘般匆匆爬了上去。

也不知哪裡好笑，一個人笑得停不下來。

等他倦乏了，便轉身撩起浴衣的衣襬，一鼓作氣跑下山，驚起了腳邊的兩隻黃蝶。蝴蝶交纏嬉戲著，不久便飛得比國境的山還高，隨著黃色逐漸變白，愈飛愈遠。

「怎麼了？」

女人就站在杉林的樹蔭下。

「笑得眞開心呢。」

「我不找了。」島村心裡又湧上一股莫名的笑意。

「不找了。」

「是嗎？」

女人驀地轉過身子，緩緩走入杉樹林。他默默跟著。

那是一座神社。女人在長著青苔的狛犬[7]旁一塊平坦的石頭上坐下。

7／放置於神社門前的一對形似獅子的靈獸，用以驅魔鎮邪。

「這裡最涼快了。連盛夏裡風也是涼的。」

「這裡的藝伎都是那樣嗎？」

「差不多吧。年紀大些的倒也有標緻的。」她垂著頭冷淡地說。杉樹林微暗的青綠彷彿映在她的頸項上。

島村仰頭望著杉樹梢。

「算了。身上的力氣好像一下子全沒了，眞是奇怪。」

那棵杉樹很高，要是雙手沒向後撐著石頭挺胸後仰，便望不見樹頂。而且樹幹筆直挺立，黝深的綠葉遮蔽天空，靜謐悄然而鳴。島村背靠的那棵樹幹，是當中最古老的樹，但不知怎地北側的樹枝直到樹頂全枯死了，那光禿禿的枝枒看來就像是倒插在樹幹上的木樁，好似什麼駭人神明的武器。

「是我想錯了。多半是下山後，頭一個見到的就是妳，就以爲這裡的藝伎都很漂亮。」島村笑著說，直到此刻他才察覺，自己臨時起意想輕易地洗去這七天下來在山裡所養足的精神，也許是因爲一開始就見到這名乾淨的女人。

女人定定地望著遠方的河流在暮日下發光。這下沒事了，忽覺有些發窘。

「啊，我都忘了。你要菸是吧。」女人努力輕快地說：「我剛才回房間一看，你已經不在了。正想著不知怎麼著，就見你氣勢洶洶地獨自爬上山。從窗戶就看得見。那模樣眞逗趣。我看你像忘了帶菸，便幫你拿來了。」

然後她從袖兜裡拿出他的菸，擦了火柴。

「對那孩子過意不去啊。」

「那有什麼。什麼時候叫人走，不都是看客人的意思嗎。」

河裡石頭多，水聲入耳只覺圓潤甜美。從杉樹間可以望見對面山襞的陰影。

「一定要找一個與妳不相上下的，要不事後再見妳時豈不遺憾。」

「關我什麼事呀。你這人眞要強。」女人不悅地譏嘲了一句，但兩人之間交流的情感與叫藝伎前截然不同。

一開始就只想要這個女人，只是照例兜了圈子——一旦島村明白意識到這一點，在自我厭惡的同時，便也覺得女人看來更美了。在杉樹林蔭裡喊了他之後，女人恍如褪去了什麼似的清爽淡然。

細挺的鼻子雖稍嫌單薄，但底下那小巧澎潤的嘴唇恰似美麗的水蛭環般伸縮自如，沉默不語時也像在翕動。若是起了皺紋或色澤不佳，就會顯得不乾淨，但她的嘴唇卻光澤瀅亮。眼尾不上揚也不下垂，好似刻意描得筆直的眼眸卻透著幾分諧趣，短而濃密的眉毛略微下彎，恰到好處地覆在眼上。鼻梁高挺的圓臉輪廓雖平凡，但肌膚猶如白陶上刷了薄紅，頸根也還不見贅肉，且不說美人或別的，就是乾淨。

就一個當過見習藝伎的女人而言，胸脯顯得稍微飽滿。

「瞧，不知什麼時候招來了這麼多黑蠅。」女人拍拍衣襬站起來。

再這樣待在靜謐之中，兩人的表情只會顯得愈發意興闌珊。

而到了當晚約莫十點吧，女人在走廊上大聲喊島村，碰一聲栽進了他房間。只見她一下便倒在茶几上，帶著醉意般將上頭的東西抓起來亂丟一氣，然後大口灌水。

她說，這個冬天在滑雪場混熟的一群男人傍晚翻山而來遇上了，便應邀去他們的旅館。男人們叫了藝伎大吵大鬧，還給她灌了酒。

只見她搖頭晃腦自顧自說個不休。

「這樣不好，得過去一趟。他們擔心我怎麼了在找我呢。我回頭再來。」說著步履蹣跚地出去了。

約莫又一個鐘頭，長長的走廊響起雜亂的腳步聲，她似乎東倒西歪跌跌撞撞地走來，高聲叫道：

「島村先生——島村先生——」

「哎呀，看不見人呢。島村先生——」

那無疑是女人袒著赤裸的心呼喚自己男人的聲音。島村深自詫異。但那又高又尖的聲音肯定會響徹整座旅館，他一陣猶豫後起身，此時女人的手指已戳進格子門紙抓住木格子，順勢軟倒在島村身上。

「啊，你在呀。」

女人與他糾纏著坐下來，倚在他身上。

「我才沒醉呢。不，我怎麼會醉呢！好難受，我只是難受而已。我清醒得很。哎，我想喝水。不該和威士忌混著喝的。那可會上了頭，頭好痛。那幫人買了便宜的劣酒來，我不知情就喝了。」她說著，頻頻以手心搓臉。

外面的雨聲驟然變大了。

才稍稍鬆手，女子便癱軟下來。他摟著她的頸子，臉頰幾乎要壓散她的髮髻。他將手探入她懷裡。

女人沒有回應他的索求，只是臂膀交抱，像門閂般壓在那上面。但或許是太醉已使不上力。

「這什麼爛東西?可惡、可惡!好沉好重啊，這爛東西。」女人說著，便突然咬住自己的胳膊。

他一驚鬆了手，上面已留下深深的齒痕。

然而，女人已經順從了他的手掌，並且兀自亂寫起來。說要寫喜歡的人的名字給他看，一口氣寫了二、三十個戲劇或電影演員的名字後，接著又寫了無數個島村。

島村掌中那厚實的隆起漸漸變熱了。

「啊，我安心了。安心了啊。」他溫煦地說，甚至感到母親般的慈愛。

女人忽然又難受起來，掙扎著起身，趴在房間另一端的角落。

「不行、不行。我要回去、要回去。」

「怎麼走？下大雨呢。」

「我光腳回去。爬回去。」

「那多危險。妳要回去的話我送妳。」

旅館坐落在山丘上，坡道陡急。

「鬆開腰帶吧？妳躺躺，等酒醒了再說。」

「那可不行。這樣就好，我習慣了。」說著，女人端正坐好挺起胸，氣息卻愈見急促。開了窗想嘔吐卻沒吐出來。不住扭動身體強忍著想躺下的欲望，時不時便強打起精神再三嚷著要回去，不知不覺已過深夜兩點。

「你去睡吧。去啦，去睡呀。」

「那妳呢？」

「我就這樣。等酒醒一點就走。我要在天亮之前回去。」她說著，膝行過去拉住島村。

「別管我，睡啦。」

等島村在鋪蓋裡躺好，女子上身便癱在茶几上喝了水，然後又說：

「起來。吶，起來啦。」

「妳到底要我怎樣？」

「還是去睡吧。」

「到底在胡說什麼。」島村站起來，一把將女人拖過去。

女人本來別過臉不願面向他，不久，猛地送上了嘴唇。

但這之後，仍囈語般訴苦道：

「不行，不行呀。是你說要維持朋友關係的。」一而再再而三，不知重覆了多少次。

她那眞摯的語氣打動了島村，看著她咬牙皺眉拚命壓抑自己，那意志之堅強幾乎令島村興致全消，甚至考慮遵守與女人的約定。

「我沒什麼好保留的。也絕不是捨不得。可是，我不是那種女人，我才不是那種女人。你不也說過，肯定不會長久的嗎。」

她醉得厲害，情緒激動起來。

「不能怪我喔。是你不好，是你輸了，是你懦弱，不是我。」她一陣口無遮攔，爲了壓抑油然升起的愉悅，咬住了袖子。

她洩了氣似的安靜半晌，卻又像想起什麼，尖刻吐出一句：

「你在笑。你在笑我對吧？」

「我沒笑妳。」

「你肯定在心底笑。就算現在沒笑，那之後也會笑。」女人伏下身子抽抽噎噎地哭了。但她很快便止了哭泣，像要交出自己般溫柔親暱地絮絮說起身世。看似清醒，彷彿將醉後的痛苦忘得一乾二淨，隻字不提剛才的事。

「哎呀，光顧著說話，都忘了時間呢。」說完，這回紅著臉泛起微笑。

她說得在天亮前趕回去。

「天色還很黑吧，但這邊的人起得可早了。」說著，幾度起身開窗查看。「還不見人影。今早下雨，沒人會去田裡。」

待對面的山與山腳的屋頂在雨中浮現，女人還是依依不捨，卻仍在旅館的人起來前梳好頭，連島村要送她到門口都怕被人看見，匆匆奔也似的走了。島村在當天回了東京。

「妳那時雖那樣說，但畢竟還是騙人的吧。要不然，誰會在年底跑來這麼冷的地方。而那之後我也沒笑妳啊。」

女子驀地抬頭。本來貼在島村手心的臉龐，眼皮至鼻子兩側的紅潮從濃濃的白粉下透出來。那教人聯想起這雪國之夜的凍寒，又因她烏黑的髮色，感到絲絲暖意。

那張臉露出燦亮的微笑，或許也想起了「那時候」，簡直像島村的話將她的身體漸漸染紅。女人慍怒地低下頭，後領敞開，連泛紅的背脊都看得到，好似赤裸著溼潤的胴體。或許是在髮色的襯托下更令人作如是想。前額的瀏海雖說不上細密，髮絲卻像男人一般粗，不見掉落的碎髮，光澤猶如某種黑色礦物般深邃。

島村頭一次觸摸到如此冰冷的頭髮，暗自吃驚。或許不是因爲寒氣，而是頭髮生來如此，於是島村再次仔細端詳，女人便在暖爐桌上扳起指頭數了起來。數個沒完。

「妳在算什麼？」島村問她。她仍默不作聲地扳指頭數著。

「那天是五月二十三日吧。」

「是嗎，原來妳是在數日子。七月和八月連著都是大月喔。」
「喏，今天是第一百九十九天呢。正好是第一百九十九天。」
「不過，五月二十三日，難爲妳記得這麼清楚。」
「看日記就知道了。」
「日記？妳會寫日記？」
「嗯，我的樂趣就是翻舊日記。無論什麼事，我都一五一十寫下來，所以就算只是自己看也很害羞。」
「什麼時候開始寫的？」
「上東京學當藝伎前不久。那時沒有錢，買不起日記本。就在兩、三分錢的雜記本上呀，拿尺密密地畫線，或許是鉛筆削得很尖，線可整齊了。然後在紙頁上由上到下寫滿密密麻麻的小字。等買得起就不行了，愈來愈不珍惜。習字也是，以前都寫在舊報紙上，可現在不就直接拿大張宣紙來寫了嗎。」
「沒有間斷過嗎？」
「嗯，十六歲那年和今年的最有趣。平常都是下了宴席回家，換上睡衣後才寫。我不是都很晚回家嗎？有時候寫到一半就睡著了，現在重看也還記得呢。」

「是嗎。」

「不過，我不是每天都寫，也有空著的日子。像我們這山裡，宴席都千篇一律。今年只買到每一頁都有日期的，眞是失策。畢竟有時一寫就寫很多啊。」

比起日記更令島村意外的，是她從十五、六歲起，就將讀過的小說一一記下，雜記本竟累積十本之多。

「都是寫感想嗎？」

「我才寫不了什麼感想。就是寫寫書名和作者，還有書中人物的名字、彼此的關係，就這些罷了。」

「記下來也沒用吧？」

「的確沒用。」

「眞是徒勞。」

「可不是。」女人不以爲意開朗地應了一聲，卻定定地注視島村。

全是徒勞——正當島村不知怎地想大聲再說一遍時，感到雪鳴般的寂靜深深沁入心扉。他被女人吸引了。他明知在她眼底那絕非徒勞，可當面拋給她一句徒勞，總覺得反倒能更爲純粹地感受她的存在。

女人口中的小說，聽來與島村平日使用的文學這個字眼相距甚遠。她同村裡人的來往，無非只是交換女性雜誌來看的情誼，其餘全是孤獨地讀著自己的書。她既不選擇，也不求甚解，在旅館的客廳等處看到小說或雜誌便借來看，而她隨口提及的新作家，倒是少有島村不知道的。只不過她的口吻簡直像談及遙遠的外國文學，哀傷的語調好似無欲無求的乞丐。島村思忖，自己憑著西洋書籍的照片和文字遙想西洋舞蹈，也是這麼回事吧。

她似是幾個月才盼來了這樣的交談對象，愉快地說起壓根沒看過的電影和戲劇。或許也忘了一百九十九天前那時，她也是熱切地談論這些，因而成了委身島村的機緣。此刻她彷彿又因沉浸在自己所描繪的事物，連身體都爲之發燙。

但是，這般對都會事物的嚮往，如今似是索性裹進了絕望裡，成爲無心的幻夢，因此比起都市淪落人那般傲慢的不平，單純的徒勞感更爲強烈。縱使她並未流露出落寞的神情，然而在島村眼裡卻成了異樣的哀愁。倘若沉溺在那樣的愁緒，島村想必會掉入生存亦爲徒勞的悠遠感傷之中。可眼前的她卻在山間寒氣的浸染下，臉色變得鮮活紅潤。

無論如何，島村都對她另眼相看了，但如今她成了藝伎，反倒難以啟齒。

那時她爛醉如泥，發麻無用的手臂令她又氣又急，連連喊著：

「這什麼爛東西？可惡、可惡！好沉好重啊，這爛東西。」還狠狠咬了胳膊。

因爲站不起身，便倒在地上打起滾來。

「我絕不是捨不得。可是，我不是那種女人。我才不是那種女人。」連她當時那番話都被勾上心頭，島村一臉猶豫，女人很快便發覺，四兩撥千金地說：

「是十二點的上行列車呢。」汽笛聲正巧響起，她站起來粗魯地打開紙格子窗和玻璃窗，像是將身子挨向欄杆在窗臺坐下。

冷空氣一股腦兒灌進來。火車聲遠去，聽起來猶如夜晚的風聲。

「喂，很冷吧。笨蛋。」說著，島村也起身走過去，但沒有風。

夜景冷肅，彷彿從地底深處迴響著整片雪凍結的聲音。沒有月亮。抬眼一望，多得令人不敢相信的星子燦然浮現，好似正以虛幻的速度不斷落下。隨著星群靠近眼前，天空終是加深了遙遠的夜色。國境群山已然交疊難辨，形成厚實的一片霧黑，沉沉垂掛在星空下緣。這一切調和成了清冷的靜謐。

察覺島村走近身旁，女人將胸口伏在欄上。那姿態並非柔弱，而是以這般夜色爲背景，展現出無比的頑強。島村尋思，又來了嗎？

然而，儘管群山幽黑，不知爲何又映出分明的雪白。如此一來，群山彷彿也顯得透明而孤寂。天光與山色並不協調。

島村握住女人的喉頭。

「這麼冷，會感冒的。」使勁想將她往後扶起。女子卻抓著欄杆嘶啞著說：

「我要回去了。」

「回去吧。」

「讓我這樣再待一會兒。」

「那我去泡溫泉。」

「不要，你留下來。」

「關上窗戶。」

「讓我這樣再待一會兒。」

村子半掩在神社的杉樹林蔭中。不到十分鐘車程的火車站那頭燈火，因天寒而劈啪作響，閃爍得像是要碎裂一般。

女人的臉頰也好，窗上的玻璃也好，自己身上棉襖的袖子也好，凡是手觸摸之物，都讓島村感到前所未有的冰冷。

連腳下的榻榻米都竄上寒氣，正想獨自去溫泉時，女人說：

「等等，我也去。」這回老實跟了過來。

女人將他脫下的衣物收進置衣籃時，一名男房客走進來，注意到縮在島村胸前遮住臉的女人，忙道：

「啊，失禮了。」

「哪裡，請進。我們要去那邊的浴池。」島村當機立斷這麼說，光著身子便抱著置衣籃走向隔壁的女湯。女人自然以妻子之姿跟來。島村頭也不回默默跳進溫泉。安心之餘正想高聲大笑，又趕緊將嘴湊上出水口粗魯地漱了口。

回到房間後，女人躺著微微抬起頭，以小指勾起鬢髮，只說了一句：

「好悲傷啊。」

女人像是半睜著漆黑的眼眸，近看才知是睫毛。

這神經質的女子徹夜未眠。

硬實的女用和服腰帶的摩擦聲，將島村驚醒。

「眞糟糕，一早吵醒你了。天色還很暗。喏，你看看我吧？」說著，女子關了燈。

「看得見我的臉嗎？還是看不見？」

「看不見。天還沒亮呢。」

「騙人。要仔細看呀。如何？」說著，女人敞開窗戶。

「糟糕，看見了對吧。我該走了。」

島村驚訝於天明時的寒意，從枕上抬起頭，見天空仍是一片夜幕，但山上已經亮了。

「對，沒事的。這會兒農家沒在忙活，沒人會這麼早出門。但會不會有人上山啊？」女人自言自語，拖著繫了一半的腰帶走動。

「剛才那班火車是五點的下行，應該沒有乘客出站。旅館的人還不會起來。」

繫好腰帶後，女人還是一會兒坐一會兒站，又盯著窗戶走來走去。就像夜行動物害怕破曉，煩躁地兜圈子那種坐立難安。妖異的野性逐漸高漲。

她這麼耗著，屋裡漸漸亮了起來，女人緋紅的臉頰也變得惹眼。那抹豔紅讓島村詫異地看得出神。

「妳臉頰凍得紅透了。」

「不是凍的，是白粉掉了。我一進被窩就會暖起來，連腳趾頭都會暖呼呼的。」她說著，面向枕邊的鏡臺。

「還是拖到天亮了。我要回去了。」

島村朝她那邊望去，倏地縮起脖子。鏡子深處是純白發亮的雪。女子通紅的臉頰便浮現在那片雪中。潔淨之美難以言喻。

或許是日頭已然升起，鏡中雪更添上一抹冰冷燃燒般的光輝。將女子那頭黑得發紫的髮絲襯得愈見烏黑。

應該是防積雪吧，便將浴池溢出的熱水，引流到沿旅館牆緣臨時挖成的水溝，來到玄關前卻匯聚成一汪淺泉。一頭健壯的黑色秋田犬踩在那邊的踏石上，舔了許久溫泉水。客用滑雪板似乎才從倉房搬出來，並排晾在那兒，飄出的輕微霉味因溫泉的熱氣而沖淡，從杉樹枝掉落在共同溫泉屋頂的雪塊，也遇熱融解變形。

年底至正月這段日子，暴風雪會大得埋住整條路。到時就得穿上山袴[8]和橡膠長靴，裹上披風、圍上頭巾，要不然可去不了宴席。那時的積雪會深達一丈——女人曾在天亮前，從丘頂的旅館窗戶俯視著坡道這麼說。此刻島村正要走下這條坡道，從高高晾在路邊的尿布底下，可望見國境群山，山上的積雪閃耀光輝，顯得寧靜安詳。青蔥尚未被雪掩埋。

村裡的孩童在田間滑雪。

走進大路上的村子，便聽到雨滴靜靜落下般的聲響。

屋簷下的細小冰柱晶瑩可愛。

一個從浴池歸來的女人，抬頭看著在屋頂上除雪的男人說：

8／也叫雪袴，是一種大腿部分寬鬆、膝蓋以下貼身的褲子，方便活動與工作。

「可不可以也順便幫我家除一下？」她瞇起眼以溼手巾抹了抹額頭。應該是趁著滑雪季早早趕來賺錢的女侍吧。隔壁是一家屋頂傾斜的咖啡廳，玻璃窗上的彩繪已陳舊不堪。

多數房舍的屋頂都以木板條鋪就，上面壓著一顆顆石頭。這些圓石子只有曬到太陽的那半邊在雪中露出黝黑表面，但那顏色倒不像潮溼，更像是久經風雪後發黑。而家家戶戶又以背似這些石頭的姿態，一排排低矮的房舍極富北國風光似的靜靜伏在大地上。

一群孩子嬉鬧著，將溝裡的冰塊捧出來丟到路上。想是那冰碎裂飛濺時揚起的光芒很有趣吧。站在日光下，島村只覺得那冰塊厚得令人難以置信，怔怔瞧上了好一會兒。

一個十三、四歲的女孩獨自倚著石牆織毛線。她穿著山袴，腳上趿著高齒木屐，卻沒穿足袋，通紅的腳底板都皸裂了。身旁成捆的柴堆上，坐著一個才三歲大的小女孩，天眞爛漫地捧著毛線球。一條從小女孩牽到大女孩的灰色舊毛線透出溫暖的光芒。

七、八戶人家外的滑雪板工坊響起刨木頭的聲音。對側屋簷下，五、六個藝伎站著說話。島村想著她可能也在其中，今晨才從旅館女侍口中打聽到女人的藝名爲駒子。果然，她似乎也看到他走來，而且只有她擺出一副嚴肅的神色。女人肯定會滿臉通紅，但願她能裝作若無其事——島村還來不及這麼想，駒子已經連脖子都漲紅了。她明明大可背過臉去，卻偏要不自在地垂著眼，而且隨著他的腳步，臉也慢慢跟著轉過來。

島村也覺得臉頰發燙，速速走過，駒子立刻追上來。

「你從那裡經過，會讓我很爲難的。」

「妳爲難，我才爲難呢。妳們一大群人聚在一起，我怕得都不敢走了。平常都那樣嗎？」

「是啊，過午之後都那樣。」

「妳當場臉紅、又急匆匆追過來，豈非更難爲情？」

「管他呢。」駒子直爽說著卻又臉紅了，就地停步，抓住路旁的柿子樹。

「我追上來，是想請你順便去我家。」

「妳家在這附近？」

「是啊。」

「要是妳肯讓我看妳的日記，去一下也無妨。」

「那是我死前一定要燒掉的。」

「可是，妳家裡不是有病人嗎？」

「哎呀，你消息眞靈通。」

「昨晚，妳不也去車站接人了？穿著深藍色的披風。我就在那班車上，坐在病人附近。

病人身邊還陪著一個很認眞親切的女孩服侍著，那是他妻子吧？是從這裡去接人的？還是東京的人？簡直像母親顧孩子一樣，看了好生佩服。」

「你昨晚怎麼沒告訴我？爲什麼不說？」駒子臉沉了下來。

「是他的妻子吧？」

駒子不答，又說：

「昨晚爲什麼不說？你這人眞怪。」

島村不喜歡女人的這種尖銳。但又認爲，島村和駒子本身應該都沒有讓女人變得如此尖銳的理由，因此這或可視爲駒子個性的顯現。但聽她一再追問，他便心生遭戳到痛處之感。這天早上在映著山間積雪的鏡中看到駒子時，島村當然也想起了向晚的火車窗玻璃上映出的女孩，但他爲何沒向駒子提起呢？

「有病人也不打緊。沒人會上來我房間。」

駒子說著，走進一道低矮的石牆內。

右手邊是覆雪的田地，左側是一排沿著鄰家的牆而立的柿子樹。屋前似乎是花圃，中央是一座小蓮花池，池裡的冰已撈到池緣上，緋鯉在池裡優游。房子也像柿子樹幹般老朽。雪塊斑斑的屋頂木板腐朽，屋簷傾斜不平。

一入屋踩在硬泥地上，便是一陣沁寒，他什麼都還沒瞧清楚，便被迫爬上梯子。那可是眞正的梯子。上頭的房間也是眞正的閣樓。

「這房間本來是養蠶的。很驚訝吧？」

「住在這裡，眞虧妳喝醉了回來沒從梯子上摔下來。」

「摔過呀。但那種時候我多半會鑽進樓下的暖爐桌，就那樣睡去。」說著，駒子將手伸進暖爐桌的棉被裡探了探，然後去引火。

島村環顧這個奇特的房間。只有南側開了一扇低矮的窗戶，但木格細密的格子窗窗紙是新貼的，透進來的光線很亮。牆上也精心貼著和紙，予人置身於舊紙箱的感覺。但頭上的屋梁裸露，往窗戶漸行漸低，彷彿壓著黑沉沉的寂寥。才尋思牆的另一側不知是什麼樣子，便覺得這房間好似懸在半空中，不太安穩。但牆面和榻榻米雖陳舊，卻極其乾淨。

駒子或許也像蠶一般以透明的身軀住在這裡。

暖爐几上披掛著與山袴一樣的條紋被子。衣櫃也很老舊，但那或許是駒子在東京生活時留下來的，是紋理清晰的桐木。還有與衣櫃不相襯的簡陋鏡臺，但朱漆的針線盒仍保有奢華的光彩。牆上釘著一層層木板，應該是書架，上頭垂掛著薄布簾。

昨晚的宴會服掛在牆上，襦袢[9]的紅色內側敞開著。

9／和服的內衣。

駒子拿著火鏟，靈巧地爬梯子上來，

「我從病人房裡引來的，但人家都說火是乾淨的。」說完，低下剛梳好髮髻的頭，一面翻扒火爐的灰，又說病人得了腸結核，回鄉是來等死的。

說是回鄉，但那做兒子的卻不是在這裡出生。這裡是他母親的村子。他母親在港口小鎮當藝伎，後來又留在那裡當舞蹈師傅，可不到五十歲便中風，只好回到這溫泉鄉療養。兒子自小便喜愛機械，好不容易進了一家鐘錶行，便也留在港口小鎮，不久後去東京上了夜校。多半是熬壞了身體。今年二十六。

駒子一口氣說了這許多，卻隻字未提帶那兒子回來的女孩是什麼人，以及駒子爲何會在這個家。

但光是這樣，在這彷彿懸在半空中的房間裡，駒子的聲音似乎往四面八方逸散，島村一顆心也懸著定不下來。

正要跨出門口，瞥見一個泛白的東西，回頭一看原來是一只桐木製的三味線盒。感覺比實際的琴盒來得更大也更長，正爲她竟要扛這東西去宴席感到難以置信時，又髒又舊的紙門打開了。

「阿駒，我可以從這上面跨過去嗎？」

聲音清澈淒美。簡直像是從哪兒傳來的回音。

島村記得這聲音。就是從夜行列車探出窗口、朝著雪地呼喊站長的葉子的聲音。

「可以。」駒子話音一落，穿著山袴的葉子便一步跨過了三味線。手裡拎著一只玻璃夜壺。

無論是昨晚她與站長那番熟絡的談話也好，這身山袴也好，葉子顯然是當地的姑娘。但山袴上露出半截花俏的腰帶，將山袴赤褐色與黑色相間的粗條紋襯得格外亮眼，長長的薄羊毛袖兜也同樣顯得明豔。山袴的褲腿在略高於膝頭處開了叉，再緩緩鼓起，而且硬棉布挺實，看著穩妥。

但葉子的目光卻炙人似的掃過島村，隨後她一言不發走過硬泥地。

島村來到外頭，覺得葉子的眼神好似仍在他眼前燃燒。就像遠方的燈火般冰冷。或許是因爲憶起昨夜的印象——那時他望著葉子映在火車車窗上的臉孔，山野的燈火從她的臉後方流逝，當燈火與她的眼眸交疊，微微發亮時，島村的心爲那不可方物之美而震顫不已。念及此，他不禁也想起鏡中，駒子那張浮現在茫茫白雪裡的酡紅臉龐。

於是他加快腳步。儘管一雙腿白皙微胖，喜愛登山的島村只要眺望著山走便會出了神，不知不覺加快腳步。對於隨時會陷入神遊狀態的他而言，那夕景之鏡和朝雪之鏡，都令人難以相信出自於人手。那是自然的造物。是遙遠的世界。

就連剛離開的駒子房間，都已是那遙遠的世界。這樣的自己委實令島村吃驚。登上坡頂，恰巧一位女按摩師走過。島村像要抓住什麼般，問道：

「按摩師，能請妳幫我按一按？」

「按摩嗎，現在不知是幾點來著？」說著，她將竹杖夾在腋下，右手從腰帶裡取出有蓋的懷錶，左手指尖摸索著錶面，

「過兩點三十五分了呀。我三點半必須到火車站另一邊，但晚一點應該也不要緊。」

「這樣就能知道時間啊？」

「是呀，我取下了錶面的玻璃。」

「摸得出字嗎？」

「摸不出字來的。」她又拿出女用的大懷錶，打開錶蓋，伸著手指輕按，告訴他這裡是十二點、這裡是六點，兩者正中央是三點。「這樣就可以分辨出來，雖然不能一分不差，但也不會差到兩分鐘以上。」

「這樣啊。妳走坡路不會滑倒嗎？」

「要是下雨，女兒會來接。晚上我給村裡的人按，不會上這裡來。旅館的女侍老愛說是

我那口子不放人，眞受不了她。」

「孩子都大了？」

「是的，大女兒要十三了。」按摩師邊聊邊跟著島村進房間，默默按摩了一陣，然後偏著頭傾聽遠處宴席間的三味線琴音。

「這又是誰呢？」

「妳能憑三味線的音色，就聽出是哪位藝伎？」

「有些聽得出，也有些聽不出。老爺，您眞是好福氣，身子骨很軟呢。」

「不至於僵硬吧？」

「有啊，脖頸是硬的。您這胖得剛剛好。可您不喝酒對吧？」

「竟按得出來呢。」

「我正好按過三個身材同老爺您一樣的客人。」

「這身材再平凡不過吧。」

「老爺爲何不喝呢？不喝酒還眞沒什麼樂趣，喝酒能忘記一切呀。」

「妳丈夫會喝吧？」

「會，所以才教人頭痛。」

「不知是誰呢，三味線彈得眞差。」
「是啊。」
「妳也會彈吧？」
「嗯，九歲學到了二十歲。但自從嫁了人，已經十五年沒碰了。」
島村心想瞎子是否看起來會比實際年齡年輕，邊問：
「小時候習得的技藝都很扎實呢。」
「現在這雙手都忙著按摩了，但耳朵還閒著。像這樣聽著藝伎的三味線，有時心下都不免著急起來。哎，覺得就像當年的自己吧。」說完又側耳傾聽。
「這應該是井筒屋的芙美吧。彈得最好的和彈得最差的，最容易分辨了。」
「也有彈得好的嗎？」
「一個叫阿駒的女孩子。年紀還輕，這陣子琴藝倒是精進了。」
「哦。」
「老爺也認識那孩子吧。說是彈得最好，但也就是在這山村裡。」
「不，我不認識。不過，我昨晚和師傅的兒子搭同一班火車回來。」
「哦，是病好了才回來嗎？」

「看樣子不大好。」

「啊？聽說就是因爲那兒子在東京病了好久，爲了寄醫院的錢過去，那個叫駒子的女孩這才從今年夏天出來當藝伎。究竟是怎麼回事？」

「那個駒子？」

「不過呢，看在是她未婚夫的分上，能幫盡量幫，免得將來後悔。」

「未婚夫，眞的嗎？」

「是啊，聽說是未婚夫。我是不清楚，但大家都這麼說。」

在溫泉旅館聽女按摩師說著藝伎的私事，看似尋常，有時卻反倒令人感到意外。駒子爲了未婚夫而當藝伎，也是再尋常不過的情節，但島村總無法坦然接受。也許是同他的道德觀有所牴觸之故。

見他有意深入詢問此事，按摩師反倒不作聲了。

要說駒子是那兒子的未婚妻，葉子是那兒子的新情人，但那兒子不久就會死——島村腦海中又浮現徒勞這個字眼。駒子對婚約不離不棄也好，不惜賣身供他養病也好，這一切不是徒勞又是什麼？

等見到駒子，肯定要劈頭給她一句「這就是徒勞」，但這麼一想，島村反而愈是純粹地感受到她的存在。

這虛僞的麻木感，透著不知廉恥的危險氣味，島村靜靜地品味著，在按摩師走後仍躺著，覺得連心底都受了寒，一回神才發現原來窗戶一直敞著。

山谷日頭落得早，暮色已冷冷低垂。在這微暗天色中，斜陽映照積雪的遠山彷彿倏地迫近許多。

不久，隨著群山遠近高低不同，山巒皺襞愈發濃深，待到唯山峰殘留淡淡日照時，冠雪的山頭之上已是晚霞如火。

散布在村裡的河畔、滑雪場、神社等處的杉林，黑黝黝地浮現。

島村正陷在空虛的惆悵之際，駒子有如點燃溫暖的燈火般進來了。

這家旅館爲了迎接滑雪客召開籌備會議。她說是被叫來在會後的宴席助興。才鑽進暖爐桌，她突然撫摸著島村的臉頰說：

「怪了，你今晚臉很白呢。」

然後她像要揉扁般捏起他柔軟的臉頰。

「你眞是個傻瓜。」

看來似乎有些醉了。可是等她散席回來，又嚷著：

「不管了，我不管了。頭好痛，頭好痛。啊，要命啊，眞要命。」便癱坐在鏡臺前，一時間醉態可掬，甚至顯得有些滑稽。

「我想喝水，給我水。」

只見她雙手捂著臉，也顧不得髮髻會散開就往地上倒，但很快又坐了起來，拿面霜卸去白粉，露出了一張通紅的臉蛋，自己歡快地笑個不停。可酒很快便醒了。只見她覺得冷似的不住顫抖著肩膀。

然後她以平靜的聲音說起，整個八月都因爲神經衰弱無所事事。

「我好怕我會發瘋。就是往死裡鑽牛角尖，可究竟爲何鑽牛角尖，連自己也不明白。很可怕吧？而且我完全睡不著，只有去宴席的時候才看來精神些。還做很多夢，連飯也吃不下。便在大熱天裡，拿著縫衣針直往榻榻米裡扎，拔出來又扎，扎個沒完。」

「是哪個月分出來當藝伎的？」

「六月。本來搞不好這時候已經去了濱松。」

「嫁作人婦？」

駒子點頭。說有個濱松的男人對她窮追不捨要同她結婚，可她無論如何就是不喜歡他，始終拿不定主意。

「既然不喜歡，有什麼好猶豫的？」
「事情沒那麼簡單。」
「結婚這麼有魅力？」
「討厭。不是那樣的。我這人要是不將身邊的事都安頓好，可會受不了。」
「嗯。」
「倒是你這人，太隨便。」
「可是，妳和那個濱松的男人之間有過什麼嗎？」
「要是有，就用不著爲難了。」駒子乾脆說了：「可他說，只要我還待在這兒，就不許我和別人結婚，還說要不擇手段讓我結不成。」
「濱松遠在天邊，那種話還需放在心上？」
駒子沉默片刻，像在感受身體的溫暖般靜靜躺著，忽然若無其事說了：
「我以爲我懷孕了。呵呵，如今想來眞可笑，呵呵呵。」她輕笑著將身體一屈，雙手握拳像個孩子般抓住島村的衣襟。
兩道交疊的濃密睫毛，看起來又像是半睜著的漆黑眼眸。

翌晨，島村醒來，駒子已經單肘支著火盆在舊雜誌背面塗起鴉來。

「我說啊，我不敢回去了。女侍來加火，好丟臉，我嚇得跳起來，日頭都曬到門上了。看樣子我昨晚醉了，睡得太熟。」

「幾點了？」

「已經八點了。」

「去泡泡溫泉吧？」島村說著起身。

「不去，在走廊上會遇到人的。」她說，簡直成了良家婦女。島村從浴池回來時，她已俐落地將手巾罩在頭上，勤快地打掃起房間。

連桌腳和火盆邊緣都神經質地擦過，撥平爐灰的動作也顯得熟練。

島村將腿伸進暖爐桌就這麼躺下，菸灰抖落了，駒子便拿手帕輕輕擦掉，將菸灰缸遞上。島村很有朝氣地笑出來。駒子也笑了。

「妳要是成了家，妳丈夫準得成天挨罵。」

「才不會罵呢。我常被笑說連要洗的衣服都疊得好好的，天生就這個性。」

「據說，只要看看一個女人的衣櫃，就能曉得她的性格。」

等朝陽溫暖了整個房間，他們吃著飯。

「天氣眞好。早點回去練習就好了。這樣的日子連音色都不一樣。」

駒子仰望淸澈湛然的天空。

遠遠的群山雪霧濛濛般罩著一層柔和的乳白色。

島村想起按摩師的話，便說不如就在這裡練習。駒子聽罷立刻起身，打電話到家裡，要人送替換的衣物和長歌10 本子過來。

白天去過的那個家裡有電話嗎？——這麼一想，島村腦海裡又浮現了葉子那雙眼睛。

「是那女孩送過來嗎？」

「也許吧。」

「聽說妳是那家兒子的未婚妻？」

「哎呀，什麼時候聽說的？」

「昨天。」

「你這人眞奇怪，聽說就聽說了，爲什麼昨晚不說？」駒子說。但這回不同於昨兒正午，她乾淨地微笑著。

「除非是瞧不起妳，要不然難以啟齒。」

「口是心非。所以我討厭東京人，愛撒謊。」

10／由江戶歌舞伎的伴奏發展出來的一種三味線音樂，以歌唱爲主。

「瞧妳，我才說了，妳就岔開話題。」

「才沒有。那麼，你當眞了？」

「當眞了。」

「又撒謊，明明就沒當眞。」

「當然是很難接受啊。不過，聽說妳是爲了未婚夫才當藝伎，好掙些醫藥費。」

「眞討厭，說得像新派戲劇似的。未婚夫什麼的不是眞的。但似乎很多人都這麼以爲。我可不會爲了誰去當藝伎，只是我該做的事就得做。」

「妳說的話老像謎題似的。」

「那我就明白說了。師傅她呀，也許曾經希望兒子能和我在一起。但只是心裡想，從來沒開過口。那兒子和我也隱約知道師傅的意思。可是，我們之間什麼都沒有。就這樣。」

「算是青梅竹馬吧。」

「嗯，不過，我們不是一起長大的。我被賣去東京時，只有他一個人來送我。我最早那本日記的頭一篇，就寫了這件事。」

「要是你們倆都待在那個港口小鎭，說不定現在就是夫妻了。」

「我想不會有那種事。」

「是嗎。」

「用不著操心這些。他就要死了。」

「妳還在外面過夜不太好。」

「你說這種話才不好。我愛怎麼樣，一個將死之人怎麼攔得住？」

島村無言以對。

但是，駒子仍隻字不提葉子，這又是爲什麼？

而葉子也是，她在火車上猶如母親般，那樣無私而周到地照顧男人，到了早上卻要給這位也不知和男人是何關係的駒子送來替換衣物，她心裡該作何感想呢？

島村的思緒一如既往，飄向遠方。

「阿駒，阿駒。」這時傳來了葉子優美的呼喚聲，雖壓低了仍清澈通透。

「來了，辛苦了。」駒子說著，起身走進隔壁的三疊房間。

「是葉子替我跑這一趟？哎，偏偏東西都這麼重。」

葉子似乎不作聲就走了。

駒子以手指挑斷了第三弦，換上新弦後調音。這當中已聽得出她的琴音清越。但當她打開堆滿暖爐桌上的包袱一看，除了普通的練習本之外，還有多達二十本杵家彌七[11]的文化

11／一八九〇～一九四二，日本長歌三弦演奏家，致力推廣長歌，對於三味線音樂的推廣與現代化極富貢獻。

三味線譜。島村一臉詫異地拿在手裡說：

「妳看這些來練習？」

「因爲這裡沒師傅呀。沒辦法。」

「師傅不是在家嗎？」

「中風了。」

「中風了也可以口頭指導啊。」

「連話都沒法說了。舞蹈上，左手還稍微能動，多少可以指點。可彈起三味線直教人心煩。」

「妳這樣就看得懂嗎？」

「都看得懂。」

「一般人就不說了，但藝伎在這麼遠的山裡還苦練，賣樂譜的想必也很高興。」

「宴席上以舞蹈爲主，我在東京學的也是舞蹈。三味線只約略有點印象，忘了也沒有師傅能指點，只能靠樂譜了。」

「歌謠呢？」

「哎，歌謠呀。練舞時聽熟的倒還好，新的就是靠收音機或是外面聽來的，可是也不知唱得好壞。自己摸索著學，肯定唱得很奇怪吧。況且我在熟人面前唱不出來。對著陌生人倒是敢放膽唱唱。」她有些靦腆，然後像準備唱歌般擺好架勢，望著島村的臉。

島村心頭一凜，為她的氣勢所懾。

他生長於東京下町，自小便熟悉歌舞伎和日本舞，好歹也記得了長歌的歌詞，自然是聽熟了，但自己沒有學過。一說到長歌便想到日本舞的舞臺，而不是藝伎的宴席。

「眞討厭。最教人緊張的客人。」說著，駒子瞥了他一眼，咬了咬下唇，將三味線在膝上架好，像換了個人似的，正經地打開練習本。

「這個秋天，我看著譜練習的。」

她唱的是〈勸進帳〉。

島村的臉頰驀地感受到一陣涼意，幾乎要起雞皮疙瘩，那震顫直達肚腹。三味線的琴音立時響徹他空虛的腦海。與其說他大吃一驚，不如說整個人被擊沉了。為虔誠之念打動，被悔恨之心洗滌。自己毫無抵抗之力，索性棄守，任憑駒子的力量擺布，隨波逐流。

一個十九、二十歲的鄉下藝伎，三味線的琴藝能高明到哪裡去、彈得簡直將宴席當舞臺似的、不過是我自己在山裡過於感傷罷了——島村試著這麼想，駒子也故意一下呆板地唸著歌詞、一下嫌慢或麻煩逕自跳過，但是當她好似著了魔般聲音愈拔愈高，島村不由害怕起來，驚訝於撥弦聲竟能如此清脆有力，便虛張聲勢般順勢躺下，將頭枕在胳臂上。

〈勸進帳〉曲聲終了，島村鬆了一口氣，心想，啊，原來這女人迷戀上我了，但那又讓他覺得可悲。

「這樣的日子音色不一樣。」駒子仰望雪霽的晴天這麼說。她說的沒錯。空氣不同。沒有劇場的牆，沒有聽衆，沒有都會的塵埃，琴音穿透了純粹的冬日早晨，筆直傳向遠處白雪皚皚的群山。

平常不自覺對著峽谷開闊的自然孤獨地練習，是她的習慣，因此撥弦自然強而有力。她的孤獨踏破哀愁，蘊含野性的意志力。儘管有些基礎，但是光靠讀樂譜自學複雜的曲目、背譜彈奏，無疑是強烈的意志不懈努力的成果。

駒子的生活方式，島村視之爲空虛的徒勞，也憐憫她那遙遠的憧憬，但她對自身的價值，娓娓流洩於凜凜琴音之中。

島村雖聽不出細膩靈動的彈琴技巧，只聽懂了音色的感情。對駒子而言，該是個恰到好處的聽衆吧。

彈奏第三首〈都鳥〉時，也因曲風豔麗柔和，島村那雞皮疙瘩的感覺已然消失，他在溫暖安適中，望著駒子的臉。深深感受到一股肉體的親密感。

窄而高挺的鼻子稍嫌單薄，臉頰倒是充滿朝氣泛著紅潤，看似悄聲說著：我在這兒呢。那對美麗溼潤的紅唇，即使微微噘起時，映射出的光澤彷彿也滑溜溜蠕動著，卻又隨著歌唱張大嘴後驀地楚楚可憐地合起，與她胴體的魅力如出一轍。微微垂落的秀眉下方，那雙似乎刻意描平、眼尾既未上揚也不顯下垂的眸子，此刻也水靈晶亮，透著幾分稚氣。沒有塗白粉的肌膚，經歷都會的歡場後變得通透，此刻似又染上了山的色彩，猶如初剝去外皮的百合或洋蔥球根般新鮮嬌嫩，連頸項都泛起薄薄一層血色，比什麼都乾淨。

儘管她坐得端正，卻一反往常像個少女。

最後，她說是新近練習的，便看著譜彈了〈新曲浦島〉。接著她默默將撥子夾在弦下，放鬆了坐姿。

倏忽間，她流露出一股誘人的魅惑。

島村不知該說什麼。駒子似也毫不在意島村的評語，顯得十分輕鬆愉快。

「這裡的藝伎彈三味線，妳能只憑琴聲，就聽出是誰彈的嗎？」

「當然可以，才不到二十個人呀。彈〈都都逸〉就很好認，因爲這首曲子最能凸顯每個人彈奏的習慣。」

說著她又拿起三味線，右腿依舊屈著，將三味線的琴身放在小腿肚上，腰往左邊靠，身

體向右斜，

「小時候都是這樣學的。」她盯著琴頸說：「黑、髮、之……」只見她稚氣地唱著，一下一下撥著琴弦。

「最初學的就是〈黑髮〉？」

「不是。」駒子彷彿回到小時候，搖搖頭。

從此即使再留下來過夜，駒子也不再堅持趕在天亮前回去了。

「駒子姊姊。」旅館的小女孩拉高語尾的聲調，遠遠從走廊上喊她。駒子將女孩抱進暖爐桌盡情地玩，快正午時帶著這三歲孩子去了浴場。

泡完溫泉，駒子一邊給孩子梳頭，一邊說：

「這孩子只要看到藝伎就喊駒子姊姊，尾音總拉得高高的。聽說看了照片或畫作，上頭凡是梳著日本髮髻的，也是喊駒子姊姊呢。我很喜歡小孩，所以懂得這孩子在想什麼。小君，到駒子姊姊家玩吧！」說完站起來，卻又從容不迫地在走廊的藤椅上坐定。

「東京人就是急性子。已經在滑雪了呢。」

這個房間坐落在山麓的滑雪場靠南的正側方，高度可將滑雪場一覽無遺。

島村也從暖爐桌轉頭看，坡道上的雪一簇簇的，五，六個身穿黑色滑雪服的人便在更靠山腳那頭的田裡滑。那一階階的田畦尚未被雪覆蓋，坡度也不大，看起來沒多大樂趣。

「好像是學生。因爲是星期天吧。那樣滑有意思嗎？」

「可是，滑雪的姿勢挺不錯的。」駒子自言自語般說：「聽說有客人在滑雪場上遇到藝伎打招呼，還會大吃一驚說：『哦，是妳啊！』因爲滑雪時曬黑了才認不出來。我們夜裡都上了妝的。」

「也穿著滑雪服嗎？」

「是山袴。啊，討厭啦，討厭，客人在宴席上說明天滑雪場見的時節就要到了。我今年不滑雪了。再見。來，小君，我們走吧。今晚會下雪呢。下雪前最冷了。」

駒子走了之後，島村坐在她先前坐的藤椅上，望著滑雪場邊的坡道上，駒子牽著小君的手回去。

雲來了，雲影下的山和仍迎著日光的山層層疊疊，光與影分分秒秒變化，是微寒中的一景，但不久滑雪場也倏地暗下來。往窗下一看，枯萎的菊花籬上豎著寒天似的霜柱。可是，屋頂上的水管裡，融雪後的滴水聲不曾停歇。

那天夜裡沒有下雪，而是在一陣軟雹之後轉成雨。

臨走前那個月色湛然的夜晚，空氣驟寒，島村又一次叫來駒子，將近十一點她還執意去散步。有些粗暴地將他從暖爐桌拖出來，硬是拉著他出門。路上結了冰。村子在這寒氣下沉睡。駒子撩起衣襬塞進腰帶。月亮清朗得如藍冰裡的一彎刀刃。

「走去車站吧。」

「妳瘋了。來回有一里[12]呢。」

「你就要回東京了，不是嗎？我想去看看車站。」

島村從肩膀到雙腳都凍僵了。

一回房，駒子便忽地洩了氣，雙臂深深伸進暖爐桌裡低著頭，也不像平常那樣去泡溫泉。

暖爐桌的被子沒有移動，上頭只鋪了一床鋪蓋，也就是鋪蓋的被子與暖爐桌的被子交疊，墊被的被角拉到了下凹式暖爐桌邊緣。駒子從一旁靠著暖爐桌取暖，動也不動垂著頭。

「怎麼了？」

「我要回去了。」

「別說傻話。」

12／舊制長度單位，一里爲三・九二七公里，約四公里。

「你別管我，休息吧。我就想這樣待著。」

「爲什麼要回去？」

「不回去了。天亮前我都待在這裡。」

「無聊，別作弄人。」

「我沒作弄人。我才不會作弄人。」

「那妳……」

「沒事，我很難受呀。」

「那有什麼。有什麼關係。」島村笑出來。

「又不對妳做什麼。」

「討厭。」

「妳也眞傻，那樣亂走一氣。」

「我要回去了。」

「也可以不要回去啊。」

「我難受。好了，你回東京去吧。我難受。」駒子輕輕將臉埋在暖爐桌上。

難受，是害怕會對一個旅人不可自拔嗎？抑或是這種時候靜靜承受的無奈？女人的心已經陷得這麼深了嗎？島村一時陷入沉默。

「你回去吧。」

「其實我正考慮明天走。」

「哎呀，爲什麼要走？」駒子清醒了似的抬起頭。

「就算待著，我也不能爲妳做什麼，不是嗎？」

還以爲她怔怔望著島村，她卻突然以激動的語氣說：

「你別那樣。你不可以那樣。」然後焦躁地起身，突然攀著島村的脖子顯得心慌意亂。「你不可以說那種話。起來，我叫你起來呀！」嘴裡嚷著自己卻倒下，狂亂得連身體的難受都忘了。

之後，她睜開又溼又熱的眼睛。

「你明天就眞的回去吧。」靜靜說完，拾起掉落的頭髮。

島村決定次日下午三點出發，正在換衣服時，旅館的掌櫃悄悄將駒子叫到走廊上。島村聽到駒子回答：這個嘛，那就算十一個鐘點吧。或許掌櫃認爲十六、七個鐘點太長了。

一看帳單，早上五點回去的就算到五點，翌日十二點回去的就算到十二點，全是以鐘點計費。

駒子在外套上圍了白色的圍巾，一路送他到火車站。

爲了殺時間去買了木天蓼醬菜和滑菇罐頭等土產，還是得等上二十分鐘。島村便在車站前地勢高起的廣場上漫步，正眺望周遭想著眞是個被雪山環抱的小地方時，駒子那過於烏黑的頭髮，因位於背陰的峽谷淒清，反而更顯寂寥。

遠處下游的山腹上，不知怎地只有一處落下淡淡的日光。

「我來之後，雪不是融得差不多了嗎？」

「可是只要下個兩天，很快便又積起六尺深。要是連著下，那邊電線桿的電燈可會被埋進雪裡。要是走路時只顧著想你，脖子還會被電線勒傷呢。」

「眞會積那麼多雪？」

「從這邊再過去的鎭上的中學呀，聽說學生會在下大雪的早晨，光著身子從宿舍二樓的窗戶跳進雪裡。身子會整個沉到雪裡看不見，然後像游泳似的在雪底划著走。你看，那裡也有除雪車。」

「我很想來看雪，可正月裡旅館人很多吧。火車會不會被雪崩埋住？」

「你這人命眞好。都是這樣打發日子的？」說完，駒子盯著島村的臉，

「爲什麼不留鬍子？」

「嗯，我正想著要留。」島村撫著刮過之後仍青乎乎的臉，一條明顯的皺紋劃過嘴角，讓柔和的臉龐透出幾分堅毅。他思忖著，也許駒子其實是看上了這一點。

「妳呢，每次卸了白粉，那張臉都一副剛剃過的樣子。」

「烏鴉叫得讓人好不舒服。不知是在哪裡叫。好冷呀。」說著，駒子抬頭望著天空，雙臂夾住胸口兩側。

「去候車室裡烤烤火吧？」

這時，穿著山袴的葉子從大街轉向火車站的那條大路匆匆跑來。

「啊！阿駒，行男他，阿駒……」葉子上氣不接下氣，猶如逃離可怕事物的孩子死命攀住母親般，抓住了駒子的肩頭。

「快回去，他情況不對勁，快點。」

駒子閉起眼，像忍耐著肩上的痛楚，臉上失去了血色。但出乎意料，她竟堅定地搖了搖頭。

「我正在送客人，沒辦法回去。」

島村大吃一驚。

「還送什麼，別管我了。」

「要送。也不知道你還會不會再來。」

「會啊，還會來的。」

葉子似乎壓根充耳不聞，只一個勁兒催促：

「我剛打電話去旅館，他們說妳來車站，我便趕來了。行男在叫妳呢。」她伸手拉駒子。駒子本來動也不動，此時冷不防甩開她。

「我不去。」

這一甩，踉蹌了兩、三步的卻是駒子，隨即一聲乾嘔，什麼也沒吐出來，只是紅了眼眶，臉頰汗毛豎起。

葉子茫然僵立，望著駒子。但她那副神色太過認真，究竟是生氣、驚詫、悲傷，全然看不出來。像是戴了面具般，顯得極其單純。

她以那副神情轉過來，突然抓住島村的手。

「先生，不好意思，請您讓她回去，請讓她回去。」拔高的聲調一心一意苦苦哀求。

「好，我讓她回去。」島村大聲說。

「快回去啊，傻瓜。」

「你胡說什麼。」駒子對島村說，一邊伸手將葉子從島村身上推開。

島村想往車站前的汽車指，可剛才被葉子使勁抓住的指尖都發麻了。

「我這就叫她坐那輛車回去，妳先走吧。在這裡，這樣不好，人家在看。」

葉子點了點頭。

「那麼盡快吧，盡快！」說完轉身就跑，乾脆得令人難以置信。目送她遠去的背影，島村心頭掠過了不合時宜的疑問：爲何那女孩總是一副認眞的樣子呢？

葉子淒美的聲音似乎隨時會從覆雪的山中傳來回音般，在島村耳中纏繞。

「你要去哪裡？」島村要去找汽車司機卻被駒子拉回來。

「不要，我不回去。」

驀地裡，島村對駒子浮現生理上的厭惡。

「我不知道你們三人之間究竟怎麼回事，但妳師傅的兒子說不定要死了吧。他想見妳一面，才找人來叫妳的嘛。別賭氣，回去吧。要不然一輩子都會後悔的。要是在這當口他就斷氣了呢？別這麼頑固，過去的事就算了。」

「不是的。你誤會了。」

「當年妳被賣去東京，不也只有他去送妳嗎？妳最早的那本日記裡，第一篇寫下的不就這件事？所以妳怎麼能不去送他最後一程？妳要去寫下他人生的最後一頁。」

「不，我才不要去看著人死。」

這話聽起來既似冰冷的絕情，也像熾熱的愛情，島村一時困惑起來。

「我已經不寫什麼日記了。我要拿去燒掉。」駒子喃喃說著，不知爲何臉頰漸紅。

「我說，你是個眞誠的人。既是眞誠的人，我乾脆將日記送你吧。你不會笑話我吧。我想你這人很眞誠。」

島村不由深受感動，心想是啊，沒人再像自己這般眞誠了。便不再強迫駒子回去。駒子也不作聲了。

掌櫃從旅館的駐站分處出來，通知他該進站了。

只有四、五個一身灰暗冬裝的當地人默默下車。

「我就不進月臺了。再見。」駒子站在候車室的窗後。玻璃窗緊閉。從火車上看過去，她好似一顆不可思議的水果，被遺忘在落魄寒村的水果行那燻染煤灰的玻璃箱裡。

火車一開動，候車室的玻璃閃動著光芒，才見駒子的臉孔在那光芒中亮起，隨即又消失。但她的臉就和那個早晨映雪的鏡裡時一樣，雙頰通紅。這對島村而言，又是一次與現實告別之際的顏色。

從北方爬上國境的山，穿過長長的隧道，彷彿冬日午後淡淡的陽光被吸進了地底的黑暗，又彷彿老舊的火車褪去明亮的外殼扔在隧道裡，向下駛入山巒交疊間暮色四起的山谷。山的這一側還沒有雪。

沿著河行駛不久來到原野，山頂如精心雕琢般，斜斜拉出一道柔緩優美的線條，一路延伸至遠處的山腳，山脊染上月色。那是荒野盡頭唯一的景致，浮現淡淡晚霞的天空，將整座山的身姿在晚霞勾勒出分明的深碧色。月色尚淺，不見冬夜裡的冷冽。天空中一隻飛鳥都沒有。山腳沒有任何遮蔽物，左右徐徐延展，在將及河岸之處，佇立著看似水力發電廠的雪白建築。那是冬日蕭瑟的車窗裡留下的落日餘暉。

車窗因溫熱的蒸氣起了霧，隨著窗外流動的原野漸暗，乘客映在玻璃上的身影變得半透明。又是那夕景之鏡的遊戲。這班火車有別於東海道線等路線，猶如異國列車般的舊式車廂因經年使用而褪色陳舊，頂多三、四節車廂吧。燈光也很暗淡。

島村像是搭上了非現實的交通工具，失去了時間和距離感，陷入身體任由虛無搬運般的恍神狀態，車輪單調的聲響，聽起來像是女人細語。

那些話語片段而簡短，是女人竭力而活的印記，教他聽了酸楚而難以忘懷。然而，對於此刻漸行漸遠的島村而言，不過是徒增些許旅愁般，那話聲已然遠去。

說不定行男就在此際斷了氣？駒子何以執拗著不回去？會不會因此見不到行男回首？

乘客少得詭異。

只有一個五十許的男子與一個滿臉紅通通的女孩相對而坐，熱絡地說個不停。女孩豐腴渾圓的肩上披著黑色圍巾，肌膚嫣紅得像著了火。只見她傾身專心聽著，愉快地對答。看來是結伴長程旅行的兩人。

然而，當火車來到有著製絲廠煙囪的車站，老人便匆匆將箱籠從行李架上取下，從車窗往月臺上丟，一邊向女孩丟下這句話：

「那我走啦，有緣再相見。」便下了車。

陡然間島村的眼淚幾乎奪眶而出，連自己都嚇了一跳。更有感於這是一段與女人分手後的歸途。

他做夢也沒想到那兩人只是偶然同車。男人多半是四處做生意的客商吧。

離開東京的家時，妻子叮嚀此時正值蛾產卵的季節，記得別將衣服一直掛在衣架和牆上。來到旅館一看，掛在房間簷前的裝飾燈上，就貼著六、七隻玉米色的大蛾。三疊次間的衣架上，也停著體型小軀體肥厚的蛾。

窗上仍釘著防蟲的紗網。紗網上依舊有隻蛾靜靜貼伏不動。頂著兩隻小羽毛般檜皮色的觸鬚，翅膀卻是透明的淺綠，約有女人的指頭般長。窗外，連綿的國境群山在夕照下已染上秋色，那點淺綠反而像是死亡的顏色。僅前翅與後翅重疊處的綠色較濃。秋風一吹，翅膀便如薄紙般飄搖不定。

島村好奇，蛾還活著嗎？起身從紗網內側伸指頭去彈，但蛾不動。握拳使勁一捶，牠便像樹葉般翩然而落，半途又輕盈飛舞而上。

仔細一看，數不清的蜻蜓正從窗外的杉林前飛過，好似蒲公英的棉絮在空中飄浮。

山腳的河似是從杉樹的樹梢流淌而出。

看似白萩的花在略高的山腹上盛放，閃爍一片銀光，島村貪婪地遠眺。

從室內浴場出來，便看到一個俄羅斯女販子坐在玄關。居然也來這種鄉下做生意了啊。島村走過去一瞧，賣的是四處可見的日本化妝品和髮飾。

看來似有四十出頭的那張臉上，滿布細紋與髒汙，但粗脖子露出的肌膚卻是雪白如脂。

「妳從哪兒來的？」島村問。

「從哪兒來的？我，是從哪兒來的呢……」俄羅斯女子遲疑著，邊收拾打烊邊思索。

她的裙子簡直就是纏在身上的一塊髒布，早已不像是洋裝。她似乎十分融入日本的生活，背起碩大的包袱走了。但腳上穿著皮鞋。

與老闆娘一同目送她離去後，島村應老闆娘之邀也去了帳房，卻見一個大個頭女子背對著坐在爐邊。女子拎著衣襬站起來。她穿著印有家徽的黑色禮服。

眼前的藝伎曾穿著宴會服、下身套著棉布山袴，踩在滑雪板上，與駒子並肩出現在滑雪場的宣傳照裡，因此島村對她也有印象。是個豐滿而落落大方的中年女人。

旅館老闆將火筷架在爐上，烤著大塊的橢圓形豆餡點心。

「要不要來一個？是人家送的，要不嚐嚐吧？」

「剛才那位要退休了？」

「是的。」

「是個好藝伎啊。」

「合約到期來打招呼的。以前很紅的。」

島村吹著熱呼呼的點心咬了一口，硬餅皮帶點陳味，微微發酸。

窗外，夕陽照在火紅的熟柿子上，那光芒耀眼得像是要穿透地爐上方鐵鉤上的竹筒。

「那麼長，是芒草吧？」島村驚訝地看著坡道。那捆草足足有背著它行走的老婦人身長兩倍。而且穗很長。

「是很長，那是茅草啊。」

「茅草嗎?茅草啊。」

「鐵道省辦溫泉展覽會那時候,造了一個茶室,給人休息的,屋頂就是用這茅草蓋的。據說來了個東京人將那茶室原原本本買下來了。」

「茅草啊。」島村又自言自語了一句。「山上開的是茅草啊?還以爲是荻花呢。」

島村下了火車,最先映入眼簾的便是這山上的白花。在陡急的山腹近山頂處,盛開一整面銀光。彷彿灑落山上的秋日陽光,渲染了他的情緒,令他脫口而嘆。一直以爲那是白荻。

但近看茅草葳蕤,與仰望遠山感傷之花大相逕庭。那一捆捆茅草隱沒了背著它的女子們的身影,擦過坡道兩側的石崖,一路沙沙作響。恰是剛健的花穗。

回到房間,十燭光的昏暗次間裡,那隻身軀肥胖的蛾在黑漆衣架上產了卵,在上面行走。簷前的蛾也啪嗒啪嗒不住往裝飾燈上撞。

白日蟲鳴不斷。

駒子稍後來了。

她就站在走廊上,正面凝視島村。

「你來做什麼?來這種地方做什麼?」

「我來見妳的。」

「有口無心。所以我討厭東京人，愛說謊。」
她邊坐下，聲調變得低沉柔和：
「我不願再去送行了。那心情真教人說不上來。」
「好，這次我就悄悄地走吧。」
「那不行，我只是說我不去車站了。」
「那人怎麼樣了？」
「當然是死了。」
「在妳來送我的時候嗎？」
「那是兩回事。我沒想到送行竟會那麼難受。」
「嗯。」
「你二月十四日那天，做什麼去了？騙子。我等了你好久。你說的話我以後都不信了。」
二月十四日有趕鳥祭。這是雪國的孩子們獨有的年度節慶。在那十天之前，村裡的孩子會穿上草鞋將雪踩實，從中裁出兩尺平方的雪板，層層疊起雪板後砌出雪屋。約一點五公尺見方、高三公尺餘的雪屋。十四日那晚，還會收集每一家的注連繩，在雪屋前燃起熊熊篝火。這個村子的正月是二月一日，所以家戶還留有注連繩。而孩子們會爬上雪屋屋頂，推推攘攘唱起趕鳥歌。然後孩子們會進雪屋點起燈，守夜到天明。等十五日天亮時，再次爬上雪屋屋頂唱趕鳥歌。

那時節雪正好積得最深，島村便答應要來看趕鳥祭。

「我二月回了老家，工作也請了假。我一心以爲你會來，十四日就回來了。早知道就待久一點好好照顧病人。」

「有人病了？」

「師傅去海港，得了肺炎。我回家時正好收到電報，便前去照顧。」

「病好了嗎？」

「沒有。」

「眞是太糟了。」島村說得像是爲失約道歉，也像是爲師傅的死遺憾。

「嗯……」駒子突然乖順地搖搖頭，拿手帕擦了擦桌子。

「好多蟲子。」

細小的飛蟲落了一整片，從矮桌到榻榻米上都是。幾隻小蛾圍著燈泡打轉。紗網外側停了不知多少種蛾，在澄澈的月光下浮現。

「胃好痛，胃好痛。」駒子雙手猛地插進腰帶，伏在島村膝上。

抹了濃濃白粉的頸項從領口透出來，霎時比蚊子還小的蟲子成群落下。還有些眼看著就死去，在那兒動也不動。

她的頸根比去年粗，更顯豐腴。島村心想，她二十一了。

一陣溫熱透上他的膝頭。

「她們在帳房那裡笑得不懷好意，說阿駒，妳去椿之間看看。我不喜歡這樣。我搭火車剛送完阿姊回來，正想著要輕輕鬆鬆睡上一覺，這邊就打電話過來叫了。我好累，本想說算了。昨晚喝多了，是阿姊的歡送會。難怪她們在帳房一個勁兒笑的，原來是你。一年不見了。你是一年來一次嗎？」

「那點心我也吃了。」

「是嗎？」說著，駒子抬起臉來，伏在島村膝頭的地方泛起一片紅暈，她驀然露出幾分稚氣。

她說，她送那位前輩藝伎到下下個車站。

「眞沒意思。以前什麼事大家很快就談好，現在個人主義漸漸抬頭，大家各行其是。這裡也變了很多。處不來的人愈來愈多。菊勇阿姊不在，我可寂寞了。以前不管什麼事都以她爲中心。阿姊也賺最多，絕不少於六百節，我們這裡很倚重她。」

島村問起那位菊勇期滿回鄉之後，是盤算著結婚，還是繼續賣藝。

「阿姊也是可憐人。結過一次婚卻沒有好結果，才會來這裡。」駒子對後來的事吞吞吐吐，躊躇了一陣，才望著月光下的梯田下方說：

「那坡道半路上不是有間新蓋的房子嗎？」

「那家叫菊村的小料理屋？」

「對。阿姊本來要嫁去那家店，卻因爲阿姊的個性吹了。鬧騰了一陣，好不容易讓人家爲自己蓋了一家店，眼看著要進門，卻反悔了。說是有了喜歡的男人，打算同那人結婚，不料受了騙。是不是一頭栽進去就會那樣？可又不能因爲對象跑了，便回頭重修舊好，向人要回那家店。再說臉都丟光了，待不下去，只好去別的地方賺錢。想來眞是悲哀。我們也不是很清楚，反正遇過各種人啊。」

「男人啊，有五個嗎？」

「這個嘛。」駒子面露笑容，但忽地別過頭去。

「阿姊也是個軟弱的人。膽小鬼。」

「那也是沒辦法的事。」

「說得不對嗎？招人喜歡又能怎樣？」

她垂下頭，拿簪子搔頭。

「今天去送她，好傷感。」

「那麼，那家新開的店鋪呢？」

「由正妻來管了吧。」

「正妻出面了？有意思。」

「畢竟連開業的事都準備好了。都到這地步，不開店也不是辦法呀。正妻就帶著所有的孩子搬來了。」

「家裡要怎麼辦？」

「聽說留著婆婆一個人。老家雖是務農的，但偏好這行。人倒有趣。」

「懂得享樂之道啊。年紀不小了吧？」

「還很年輕喔。才三十二、三吧。」

「哦？那豈不是小妾年紀比正妻還大？」

「同年，都二十七。」

「菊村應該是菊勇的菊吧？卻成了正妻的店。」

「招牌都打出來了，總不好改呀。」

島村一抓攏衣襟，駒子便起身去關窗，一邊說：

「阿姊也認得你。今天還朝我說著他來了吧。」

「我進帳房，看到她來打招呼。」

「說了什麼嗎？」

「沒有。」

「你懂我的心情嗎？」駒子唰地打開才剛關上的採光窗，像整個身子要摔出去似的坐在窗臺上。島村過了半晌才說：

「星光和東京完全不同，幾乎像是浮在半空中。」

「今晚有月亮，倒沒那麼誇張。今年的雪特別大。」

「火車好像停駛了幾次。」

「是啊，眞可怕。汽車也比往年晚了一個月，到五月才通行。滑雪場不是有商店嗎，雪崩壓垮了那裡的二樓，樓下的人還不知道，只聽見奇怪的聲響，以爲是老鼠在廚房亂竄，誰知去看了沒事，便上二樓，才發現全是雪。擋雨窗啊什麼的全被雪沖走了。雖然是表層雪崩，可是廣播大肆報導，嚇得人家都不敢來滑雪了。今年我本打算不再滑雪，所以去年底就將滑雪板送人了。但還是去滑了兩、三次。我是不是變了？」

「師傅死了之後，妳一向都怎麼過？」

「別人家的事你就別管了。我二月就回來等你了。」

「既然回港口了，捎封信來不就好了嗎。」

「才不要呢。那麼可悲的事，我才不做。才不寫那種讓太太看了也無妨的信。太可悲了。何必顧忌著去撒謊呢。」

駒子激動得一鼓腦兒說得很快。島村晗首。

「妳別坐在一大群蟲子裡，燈關了就好。」

月光明晰，女人耳朵的凹凸輪廓形成清楚的影子，深深照進屋裡。榻榻米泛出冷寂的青色。

駒子的嘴脣像美麗的水蛭環般滑嫩。

「討厭，我要走了。」

「妳還是沒變。」島村將脖子往後仰，然後一副哪裡逗趣般，湊得極近望著那張鼻梁高挺的圓臉。

「大家都說，我和十七歲來到這裡的時候都一樣，一點也沒變。畢竟生活都是那樣呀。」

她臉頰上仍濃濃殘留著北國少女的紅潤。月光在她那藝伎風情的肌膚上照出貝殼的光澤。

「不過，我換屋子了，你知道嗎？」

「因爲師傅死了？那妳已經不住在那個養蠶的房間了吧。這次是眞正的置屋嗎？」

「眞正的置屋？是吧，店裡還賣些點心和香菸。就剩我一個人打理。可這回總算是眞正受聘的了，每到深夜，只能點蠟燭看書呢。」

島村抱著肩膀笑了。

「用電要跳錶的，不好意思浪費。」

「這樣嗎。」

「可是，這家人對我很好，有時我都會想，我眞是受聘來的嗎。連孩子哭了，老闆娘都會客氣地背著孩子出去。我也沒什麼不滿，唯獨就是床鋪不好這一點心煩。我要是回來得晚，他們會幫我鋪。可若不是墊被沒對齊、就是床單歪了。每次看了都想嘆氣，卻又不好意思重鋪。畢竟人家的親切很可貴的。」

「等妳持了家，可有操不完的心嘍。」

「大家都這麼說。個性吧。這家有四個年紀還小的孩子，亂七八糟的，收拾起來可累了。我整天忙著收拾。明知收好還是會被弄亂，但就是掛念著，沒法不管。在環境允許的範圍內，我還是想乾乾淨淨地過日子。」

「是啊。」

「你明白我的心情嗎？」

「明白啊。」

「明白就說說看。來，你說說看。」駒子突然情緒激動地追問。

「看吧。說不出來了吧。淨是騙人。你就是個揮霍奢侈、滿不在乎之人。你什麼都不懂。」

然後她沉著聲說：

「好悲傷。我眞傻。你明天就回去吧。」

「像妳那樣追問，哪能一下子說明白呢。」

「有什麼說不明白的。你就是這點不好。」駒子仍是無奈地哽著聲，默默閉上雙眼。那神氣，就像是明白島村多半還是會掛意著自己似的。

「一年一次就好，要來喔。我在這裡的期間，一定一年要來一次喔。」

她說她受雇期間是四年。

「回老家時，做夢也沒想到還會出來做生意，連滑雪板都送人了。要說眞做了什麼，也就是戒菸罷了。」

「這倒是，之前妳抽得滿凶的。」

「是啊。客人在宴席上給的，我就偷偷藏進袖兜裡，有時回來翻出好多根呢。」

「四年很長啊。」

「一下子就過了。」

「好暖和。」島村任由駒子靠過來，一把便將她抱起。

「天生就溫暖嘛。」

「早晚都冷了吧。」

「我來這裡五年了。起先心裡怕怕的，覺得這地方怎麼住人。火車開通之前可冷清著呢。從你第一次來算起，也三年了。」

不到三年就來過三次，每次駒子的境遇都有所變化——島村心裡思忖著。

幾隻紡織娘突然叫起來。

「眞討厭。」駒子說著，從他腿上站起來。

北風吹來，紗網上的蛾一齊飛起。

島村已知那看似半睜的黑色眼眸其實是濃密交疊的睫毛，仍湊近細看。

「戒菸以後胖了。」

腹部的脂肪變厚了。

分開時難以掌握的事物，而今驀然又親暱起來。

駒子輕輕將掌心移到胸上。

「一邊變大了。」

「傻瓜，是那個人的習慣吧，只顧著一邊。」

「哎呀，眞討厭。胡說什麼，你這人眞討厭。」駒子突然變臉。島村想起來，就是這麼回事。

「以後叫他要兩邊平均照顧。」

「平均？叫他平均嗎？」駒子輕柔地湊過臉來。

這個房間在二樓，但房子四周有蛤蟆叫個不停。不只一隻，似乎有兩隻或三隻。叫了好久。

從室內浴場出來之後，駒子便以極其安心的平靜語氣又說起自己的身世。

在這裡頭一次接受檢查的時候，她以爲和半玉時一樣，只脫了上半身，卻遭到嘲笑，於是忍不住哭了。她連這些都說了。當島村問起，她便如實回答：

「我的很準，每次都會早兩天。」

「可是，不至於影響妳陪酒吧？」

「是啊，你也懂這回事嗎？」

每天都到以暖身子著名的溫泉泡澡，而且光是要往返舊溫泉和新溫泉之間赴宴，就得走上一里路，山裡的生活又很少熬夜，所以雖是健美豐腴的身形，卻是藝伎中常見的窄骨盆。正面纖瘦而側面厚實。儘管如此，這樣的女人卻能吸引島村遠道而來，自有惹人愛憐之處。

「像我這樣，應該生不出孩子吧？」駒子正經八百地問。她說起要是只和一個人交往，不就同夫妻一樣。

島村這才知道駒子有這樣一個男人。說是從十七歲那年起跟了他五年。島村早先便感到訝異，這下子終於明白駒子何以如此無知且毫無戒心。

她還是半玉時便爲她贖身的那個人死了，可她一回港口便遇上這男人，或許就是這個緣故，駒子從最初直到今天都討厭這男人，稱自己始終無法同這男人推心置腹。

「都五年了，總算是不錯了」

「有兩次分手的機會。一次是我在這裡做藝伎的時候，一次是我從師傅家搬來這屋子的時候。可是，我的意志太不堅定了。我眞的太軟弱了。」

她說男人在港口。不方便讓她在那兒安身，便趁師傅來這村子，順便將她託付給師傅。爲人倒是很親切，可她一次都不想委身於他，這讓她覺得很悲哀。由於年紀差距甚大，他偶爾才會來。

「我有時候會想，要怎麼樣才能分手，乾脆做些傷風敗俗的事算了。我眞的會這麼想。」

「傷風敗俗可不好。」

「我也做不到。我的個性就是不行。我愛惜我的身體。倘若眞要做，四年的期限還能縮成兩年，可是我不願如此。因爲我愛惜身體。勉強做了，應該可以賺不少。反正期限內，不讓主人家虧損就好。本金每個月平均下來是多少、利息多少、稅金多少，再加上自己的吃穿用度，算一算就知道。不必勉強自己拚命多賺。遇到麻煩的宴席不願意待，就早早告退。要不是熟客指名，旅館也不會深夜打電話來。要奢侈起來怎麼花都不夠，不如賺來的夠開銷就好。我已經將本金還了一半以上。才一年不到呢。即使這樣，零用錢什麼的每個月好歹還得花上三十圓。」

她說，一個月能賺一百圓就好。上個月賺最少的，也做了三百節六十圓；駒子的坐席數九十多場，是最多的。一場宴席有一節算自己的，所以主人家雖吃點虧，但她會多出席幾場賺回來。還說在這個溫泉區，從來沒有藝伎因爲債臺高築而延長期限。

翌晨，駒子還是很早起。

「我正夢見去打掃插花師傅的房間，然後就醒了。」

搬到窗邊的鏡臺映著漫山紅葉。鏡中秋陽燦爛。

零食鋪的女孩送來駒子的替換衣物。

不是以清澈淒切的聲音，從紙門後呼喚「阿駒」的那個葉子。

「那女孩怎麼了？」

駒子瞟了島村一眼。

「一天到晚去上墳。滑雪場底下那裡，不是有片蕎麥田嗎？現下正開著白色的花。那左邊不是有塊墓地？」

駒子走後，島村也散步去了村裡。

白牆的屋簷下，一個女孩穿著簇新的朱紅法蘭絨山袴正在拍皮球，好一副秋日盎然風情。

眼前坐落許多古色古香的房子，讓人猜想當年大名經過時便是這般光景。房檐很深。二樓的紙窗細長，約一尺高。屋簷下掛著茅草簾。

土堤上有白背芒種出來的草籬。白背芒正盛開著淡黃色的小花。那一株株細長的葉子，猶如美麗的噴泉般散開來。

葉子就在路邊陽光下鋪著草蓆打紅豆。

紅豆像一顆顆從豆殼裡蹦出來的小光粒。

或許是因爲罩著頭巾看不到島村，葉子穿著山袴，張開雙膝打著紅豆，一邊以那清澈淒美彷彿要引來回音般的嗓音唱著歌。

蝴蝶蜻蜓蟈蟈兒

山中唧唧響

金蟋鈴蟲紡織娘

還有一首歌，唱的是晚風中一隻大烏鴉自杉樹驚起後飛離，而自這扇窗俯視的杉樹林前，今天也有成群蜻蜓飛過。隨著時間向晚，牠們的游移似是匆匆加快了速度。

島村出發前，在車站的小店裡看到介紹這一帶山麓的新書，便買了下來。隨手翻閱，上面寫著從這房間眺望出去的國境群山，其中一座接近山頂處，有一條穿過池沼的蜿蜒小路，那一帶溼地上盛開各種高山植物，每逢夏季，自在飛舞的紅蜻蜓，有時停落在帽子上、人們的手上，有時甚至落在眼鏡框上，與都會的蜻蜓如雲泥之別。

但眼前的成群蜻蜓，像是被什麼窮追不捨，又似惶急於夕暮前飛離，不讓那早一步轉暗的杉樹林吞噬身影。

遠山迎著夕陽，可以清楚看見峰頂而下的滿山紅葉。

「人眞是脆弱呀，聽說從腦袋到骨頭都摔得粉碎了。好比熊吧，人家說就算從更高的岩石上摔落，身上也是毫髮無傷呢。」島村想起這天早上駒子說的話。當時她還指著那座山，說那座岩場又出事了。

要是有熊那般又硬又厚的毛皮，人的感官肯定截然不同。人們愛的是彼此又薄又滑的肌膚。島村望著夕陽下的群山，感傷地眷戀起人的膚觸。

「蝴蝶蜻蜓蟈蟈兒……」在時辰提前的晚飯上，有個藝伎彈著差勁的三味線唱起那首歌。

那本登山指南書上，只簡單列出路徑、日程、住宿地點、費用等項目，反而讓島村得以自由幻想，他初識駒子，也是走過殘雪尙在新綠萌發的山間，下山來到這個溫泉村的時候。

像這樣眺望留有自己足跡的山，又恰逢秋日登山時節，心不由被山勾去了。飽食終日的他，一身閑散卻偏要自找麻煩去爬山，形同徒勞的典型，卻也因此感受到非現實的魅力。

遠遠分離時，雖屢屢想起駒子，可一旦來到左近，或許是放下心來，或許是她的肉體已太過親近，眷戀人的肌膚和被山勾引這兩番心思，同樣恍如夢境。昨晚駒子才在這裡過夜也是原因之一吧。但當他一個人靜靜坐著，思量著不用叫駒子應該也會來，除了期盼別無他法。聽著健行的女學生們年輕喧騰的嬉笑聲，睡意漸生，島村便早早就寢。

後來似是下了一場陣雨。

翌日早晨一睜眼，駒子正端坐在書桌前看書。和服外套也是銘仙13的家常服。

「醒了嗎？」她靜靜地說，往這邊看。

「怎麼來了？」

「醒了嗎？」

她在他睡著時來過夜？島村納悶著，環顧自己的鋪蓋，一邊拾起枕畔的錶，才六點半。

「眞早啊。」

「可是，女侍已經來添火了。」

鐵壺正冒著蒸氣，確是晨間的光景。

13／日本的和服衣料。江戶後期到昭和初期服飾不可或缺的織品，早期花色簡樸，到了大正時代發展出各種花色。

「起床吧。」駒子起身過來，在他枕邊坐下。舉止像極了一般家庭的女子。島村伸著懶腰，順勢抓住她放在腿上的手，把弄著她小指上拿撥子長出的繭，

「我還睏著。不是才剛天亮嗎。」

「你一個人睡得好嗎？」

「嗯。」

「果然還是沒留鬍子呢。」

「啊，對呀，上次分開時妳說過，讓我留鬍子。」

「早忘了也不打緊。你總是刮得青青的，很乾淨。」

「妳不也是，每次卸了白粉，那張臉都像剛拿剃刀剃過一樣。」

「你的臉頰是不是又胖了些？你膚色白，睡著時沒鬍子就很怪。圓乎乎的。」

「看起來比較柔和，不是很好嗎？」

「不可靠啊。」

「搞什麼，原來妳一直盯著我瞧。」

「對。」駒子笑盈盈地點了頭，那抹微笑彷彿倏然著了火似的笑得開懷，不知不覺連握著他手指的手也使上了力。

「我躲在壁櫥裡。女侍完全沒發現。」

「什麼時候？妳什麼時候躲進去的？」

「不就剛剛麼？女侍帶火來的時候。」

她似是愈想愈有趣，止不住笑，忽地連耳根都紅了，便像要掩飾般拎起被褥的一角搧著說道：

「起床。起床了。」

「冷呢。」島村抱緊被子。

「旅館裡的人都起來了？」

「不知道。我從後面上來的。」

「後面？」

「從杉樹林那裡爬上來的。」

「那裡有路啊？」

「沒有路，可是很近。」

島村吃驚地看著駒子。

「沒人知道我來了。廚房雖有動靜，可大門應該還關著。」

「妳又起早了。」

「我昨晚睡不著。」

「妳知道下了場陣雨？」

「是嗎？難怪那邊的山白竹都打溼了，就是那場雨吧。我回去了。你再睡個回籠覺吧。」

「我不睡了。」說著，島村仍握著她的手，一骨碌離開了鋪蓋，走到窗邊，往下朝她說爬上來的那頭看去，只見灌木叢邊緣一片山白竹茂盛地盤據著。那裡就在接續杉樹林的山丘半腰，窗戶正下方的田裡，蘿蔔、地瓜、蔥、芋頭等平凡無奇的蔬菜在朝日的照耀下，葉片顏色各自閃映，島村感到彷彿頭一次見識似的。

掌櫃就站在通往浴場的走廊上，朝泉水裡的緋鯉扔餌。

「應該是天氣冷了，不怎麼吃。」掌櫃對島村說，凝望著浮在水面上磨碎了的乾蠶蛹良久。

駒子乾乾淨淨地坐著，對泡完溫泉回來的島村說道：

「這麼安靜的地方，很適合做裁縫。」

房間剛打掃過，秋日的朝陽深深地照在略顯陳舊的榻榻米上。

「妳會做裁縫？」

「真沒禮貌。我是幾個兄弟姊妹裡吃過最多苦的。仔細想想，我長大那陣子，正是家裡最苦的時候。」她自言自語般說著，接著聲音突然雀躍起來。

「女侍剛一臉古怪，直問『阿駒，妳什麼時候來的？』。我也不能一有人來就躲進壁櫥呀，這可不是辦法。我要回去了。我很忙的。反正沒睡好，我想洗個頭髮。要不趁一早洗，等頭髮乾了再去給人家梳頭，就趕不上午間的宴會了。這裡也有宴會，卻是昨晚才通知。我已經答應去別的地方，就來不了。今天是星期六，忙得不得了。不能來玩了。」

駒子嘴上雖這麼說，卻沒有要起身離去的樣子。

她打消了洗頭的念頭，邀島村去後院。方才多半就從那裡溜了進來，駒子濕漉漉的木屐和足袋就在迴廊下。

她爬過的那片山白竹，看上去難以通行，島村便從田地邊緣有水聲的方向下行，河岸形成深崖，便聽到栗子樹上傳來孩子的聲音。腳下的草叢也掉落好幾顆毛栗。駒子拿木屐踩扁，將裡面的果實剝出來。全是小顆的栗子。

對岸陡削的山腹上整面是盛開的茅草，搖曳著耀眼的銀色。那銀色雖說耀眼，又像掠過秋日空中的透明幻夢。

「去那裡走走吧？能看到妳未婚夫的墓。」

駒子一下墊起腳尖正視島村，手裡的一把栗子冷不防扔在他臉上。

「你瞧不起我是吧。」

島村躲避不及，額頭被砸了好大一聲，可痛了。

「這與你何干，值得你去那座墳旁看熱鬧嗎？」

「妳何必這麼生氣。」

「那在我眼中可是一樁嚴肅的事。同你這種過得舒舒服服的人不一樣。」

「誰過得舒舒服服了？」他無力低語。

「那你胡說什麼未婚夫？不是未婚夫，早前不就解釋過了嗎？你忘了是吧。」

島村當然沒忘。

「師傅她老人家呢，有段時間希望兒子可以同我一起，可她只放在心裡，從來沒說出口。她兒子和我也隱約知道師傅這番心思。可是，我們兩人之間什麼都沒有。也不是一起長大的。我被賣去東京的時候，只有他一個人來送我。」

島村記得駒子這麼說過。

那男人都病危了，她卻在島村的房裡過夜，

「我愛做什麼，一個將死之人怎麼阻止得了？」她也說過這種不顧一切的話。

更何況，就在駒子前去車站送島村之際，不顧葉子帶來病人情況危急的消息，也因她堅決不肯回去，而後似乎連最後一面也見不上。這讓島村愈發記住了那個叫行男的男子。

駒子總是不願談起行男。就算不是未婚夫，她還是爲了賺他的療養費才來這裡當藝伎，那麼肯定是樁「嚴肅的事」。

就算當頭挨了栗子，島村似乎也沒有生氣，駒子一時顯得訝異，但轉眼就軟下身子緊緊抓住他。

「喏，你是個眞誠的人。總覺得有點悲傷吧？」

「樹上有小孩在看喔。」

「我不明白，東京人眞難懂。一旁太吵了，教人心思渙散。」

「到頭來什麼都會散去的。」

「連生命也被吹散了是吧。我們去看墳吧？」

「也行。」

「你瞧，我就知道。你哪裡想看什麼墳呢？」

「是妳有所顧忌吧。」

「我從來沒爲他上墳，這才有所顧忌。眞的，一次也沒有。現在師傅也葬在一起，所以我覺得很對不起師傅。可是，事到如今就更不願過去。那樣未免太矯情了。」

「妳才難懂呢。」

「怎麼會？就是因爲那人活著時，沒能說個清楚，所以至少對死人要擺明態度。」

穿過寧靜得彷彿能滴下冰冷水珠的杉樹林，沿著滑雪場邊的鐵路走，很快就到墓地。在田畦高起的一角，只豎立著十座老朽的石碑和地藏。光禿禿的顯得寒磣。連花也沒有。

然而，從地藏後方低矮的樹蔭裡，乍現葉子的上半身。她也瞬間擺出那面具般肅穆的神色，以刺人的燃燒雙眸往這邊看。島村點頭致意，便停在原地。

「葉子，好早呀。我正要去梳頭……」駒子說到一半，颳來一陣漆黑的狂風，她和島村都縮起身子。

是一列貨運火車從旁經過。

「姊姊。」這一聲喊，從那粗野的聲響中穿流而來。一個少年從黑色貨車的車門揮動著帽子。

「佐一郎──佐一郎──」葉子喊道。

就是在下雪的號誌站呼喚站長的那個聲音。彷彿在呼喚遠去的船上根本聽不見聲音的人，美得不勝悲戚。

貨運火車一經過，就像摘下了蒙眼布，鐵路另一邊的蕎麥花萬分鮮明，齊齊開在紅色的麥桿上，寧靜非常。

意外遇見葉子，兩人驚訝得幾乎沒留意到火車駛來，但貨運火車將這一切全帶走了。爾後留下的卻非車輪聲，而是葉子聲音的餘韻。恍如盪漾著純潔愛情的回聲。

葉子目送火車遠去。

「我弟弟在車上，我是不是應該去車站看看？」

「可是，火車不會在車站等妳呀。」駒子笑道。

「也對。」

「我啊，不會給行男上墳的。」

葉子點點頭，稍事猶豫，接著蹲在墳前雙手合十。

駒子站著不動。

島村移開目光，看著地藏。地藏有三張長長的臉，除了一雙手在胸前合十，左右還有兩隻手。

「我要梳頭。」駒子對葉子說罷，沿畦路往村子的方向走。

島村兩人經過的路邊，農民正架起「哈嗲」。在樹幹與樹幹之間，像曬衣桿那樣綁上幾段竹竿或木棒，可以將稻子放在那上頭曝曬，看起來就是一座座高大的稻子屏風。當地都稱作「哈嗲」。

女孩穿著山袴的腰輕輕一扭，將稻束往上扔，爬得高高的男子靈活地接住，擰也似的甩開，掛在竿子上。熟習而洗練的動作順暢地一再重覆。

駒子一副在估量貴重之物般，掌心托著哈嗲垂下的稻穗，輕輕往上掂了掂，

「這稻子多飽滿，摸著也舒服。和去年可大不相同。」說著，像在享受稻子的觸感般瞇起眼。那上方，一群麻雀低低亂飛。

「插秧工人工資協定。日薪九角。供伙食。女工六折。」路邊的牆上還貼著這般內容的舊招貼。

葉子家也有哈嗲。就在大路稍稍內凹的田地深處，院子左手邊，鄰家白牆邊的那排柿子樹上，架起了高高的哈嗲。而在田地與庭院的分界處，也就是與柿子樹哈嗲呈直角處，同樣立著哈嗲，其中一端開了一個從稻子底下鑽進去的入口。正好就像一座棚子，只不過頂蓋不是蓆子而是稻子。田裡，荼靡已過的大理花和薔薇前，芋頭正旺盛地伸展它的葉子。養著緋鯉的蓮花池在哈嗲後頭，已看不見。

去年駒子住的那間蠶室，窗戶也被遮住了。

葉子面有慍色似的行了一禮，從那稻穗入口回去。

「她一個人住這房子嗎？」島村目送著葉子那微微弓起的背影問道。

「我想未必吧。」駒子話聲一冷，尖刻地說：「啊，眞討厭。不去梳頭了。都是你多嘴，妨礙她上墳。」

「是妳賭氣不願去上墳見人家吧？」

「你根本不懂我的心情。待會要是有空，我再去洗頭。可能會遲些，但我一定會過去你那兒。」

到了半夜三點。

島村因猛地撞開門般的聲響驚醒，只見駒子驀地倒上他胸口。

「我說會來，就眞的會來吧。你瞧，我說會來就眞的來了吧！」喘得連肚子都劇烈起伏。

「妳醉得很厲害。」

「瞧，我說會來就眞的來了吧。」

「是啊，妳來了。」

「我看不到來這裡的路。看不到。呼，好難受。」

「虧妳這樣還爬得上坡。」

「不管了。我不管了。」駒子猛地後仰，壓得島村難受想起身，卻因爲才驚醒而踉蹌，又倒下來，頭枕在一個火燙的東西上，不禁一驚。

「簡直像火一樣，妳這傻瓜。」

「是嗎？火枕頭，會燒傷喔。」

「就是啊。」說著，閉上眼睛，那熱氣沁進腦袋，島村感受到自己確是活著。現實感隨著駒子粗重的氣息漸次襲來，那近乎他熟悉的悔恨，又更像已然安頓只等待報復的心緒。

「我說我會來就眞的會來。」駒子一心一意強調這句話。「既然都來過了，我這就回去。我要洗頭。」

她爬起來，大口灌水。

「妳這個樣子回不去的。」

「我要回去。我身邊有伴。洗澡的東西到哪去了？」

島村起身開了燈，駒子便雙手遮著臉趴在榻榻米上。

「討厭啦。」

她身上是元祿袖的花俏薄羊毛夾衣與黑領中衣，以窄腰帶束著。因此看不見襦袢的領子，連一雙裸足邊緣都泛出醉態，躲藏似的縮著身體顯得分外可愛。

看來她將洗澡用具亂扔一氣，只見肥皂、梳子散了一地。

「幫我剪吧，我帶剪刀來了。」

「剪什麼？」

「剪這個。」說著，駒子的手伸到頭髮後面。

「本來想在家就剪斷頭繩，可是手不聽使喚。這才來找人幫忙剪。」

島村撥開她的頭髮剪斷頭繩。每剪斷一處，駒子便抖落成綹髮絲，人也平靜了幾分。

「幾點了？」

「已經三點了。」

「喲，這麼晚了？別剪到我的頭髮喔。」

「綁了好多啊。」

他抓住的假髮根部悶散著熱氣。

「已經三點了？看來我下了席回來，一躺倒就睡著了。我之前答應朋友，她們才來叫我。這會兒準在想我上哪去了。」

「她們在等妳嗎？」

「都去公共溫泉了，三個人。有六場宴席，我只趕得及去四場。下週賞紅葉，又得忙了。謝謝你。」她梳著解開的頭髮抬起頭來，瞇起眼含笑說道：

「誰也不知道呢，呵呵呵，好好笑。」

隨即又無奈地撿起假髮。

「我要走了，不然對朋友不好意思。回去時就不過來了。」

「妳看得見路嗎？」

「看得見。」

但她仍踩住衣襬踉蹌了一下。

早上七點和半夜三點，一想到她一天兩次都在不尋常的時間偷空過來，島村總覺得不對勁。

旅館的掌櫃們像插著新年的門松那樣，將紅葉裝飾在門口，迎接賞楓客。

正在那裡頤指氣使指揮著的，是自嘲爲候鳥的臨時約聘掌櫃。新綠到紅葉這段期間在這一帶的山間溫泉工作，冬天就去熱海或長岡等伊豆的溫泉鄉賺錢，他便是這批人當中的一人。不一定每年都待在同一家旅館。他賣弄著在伊豆繁華溫泉鄉的經驗，滿口抱怨這裡的待客方式。鞠躬哈腰死纏爛打攬客的模樣，十足流露出毫無誠意的乞丐相。

「老闆，您知道木通果嗎?您要吃的話我去摘。」他對散步回來的島村說，將連著藤蔓的果實直接綁在紅葉的樹枝上。

紅葉應該是從山裡砍回來的，高度足足頂到屋簷，那是讓玄關瞬間明亮起來的豔紅，每一片葉子都大得驚人。

島村捏捏木通冰冷的果實，不經意往帳房一看，葉子就坐在爐邊。

老闆娘正拿銅壺溫酒。葉子與她相對而坐，每當對方說什麼，都明確點頭。沒有穿山袴，也沒有穿羽織外套，穿著一件似乎剛漿洗好的銘仙。

「來幫忙的？」島村不動聲色地問掌櫃。

「是啊，多虧她來，現在很缺人手的。」

「和你一樣嗎？」

「是。不過，她是村裡的姑娘，作風同旁人不大一樣。」

看來葉子是在廚房幫忙，並沒有到外場來。客人一多，廚房的女侍們聲音也變大了，卻未聽見葉子那優美的聲音。島村聽負責他房間的女侍說，葉子習慣睡前在浴槽裡唱歌，但他也沒聽過。

然而，一想到葉子在同一個屋簷下，島村就對找駒子一事顧忌起來。儘管駒子給了他愛情，但他因自身的空虛僅視之爲美麗的徒勞，反而因此赤裸裸地接觸到駒子那渴望活著的生命。他可憐駒子的同時，也可憐自己。他覺得葉子有著一雙無心刺穿這種狀態的眼睛，於是被這女人吸引。

即使島村不叫，駒子當然也常來。

他去溪流深處賞楓時從駒子家門前經過，那時她聽聞車聲，認定是島村而跑出來看，他卻頭也不回。儘管她責備他如此薄情，但只要被叫到旅館，就必定會去島村房間。泡溫泉時也會拐過來。有宴席就提早一小時來，在他那裡待到女侍來喊人。還經常從宴席上溜出來，對著鏡臺補妝。

「要上工了，爲了掙錢嘛。好了，上工、上工。」說罷便離去。

無論帶了撥子套也好、羽織外套也好，總愛留在他房間裡。

「昨晚回去一看，沒有熱水。只好在廚房裡找半天，拿了早上剩的味噌湯泡飯配梅乾吃。冷冰冰的。今早家裡沒喊我起來。醒來一看十點半了，本來想七點就過來的，結果不成。」

諸如這般瑣事，或是從哪家旅館到哪家旅館、宴席上的情事云云，她都會娓娓向他道來。

「我下次再來。」她喝了水，邊起身邊說。

「也可能不回來了。因爲三十位客人的席上才派三個藝伎，忙得分不開身。」

可不多久，她又來了。

「累壞了，只有三個人卻要服侍三十個人。而且另外兩個還是最老的和最小的。可累壞我了。那批客人太小氣，準是什麼旅行團。三十個人至少要叫六個人才是。看我去痛飲幾杯嚇嚇他們。」

每天都是這番光景，將來會變得如何？對此，駒子似乎全副身心都想藏起這份心思，但那飄然孤獨的氣質，反而讓她平添豔麗風情。

「走在廊上會出聲太難爲情了。就是躡手躡腳走人家也曉得。每次從廚房旁邊走過，人家都取笑我『阿駒，去椿之間了啊』。眞沒想到我也有這種顧忌人家眼光行事的時候。」

「地方小很惱人啊。」

「大家都知道了。」

「那眞是糟糕。」

「就是啊。只要稍微傳出幾句難聽的話，在這小地方就完了。」她這麼說，但馬上就抬頭微笑。

「不，沒關係的。我們不管去哪裡都能工作。」

她那坦白眞實的語氣，讓光靠父母遺產度日的島村大感意外。

「眞的啊。去哪裡賺錢都一樣。何必想不開。」

語氣聽來不以爲意，島村卻聽出女人的心聲。

「這樣就行了。因爲只有女人，能夠眞心愛上一個人。」駒子的臉微微泛紅，低下頭。

後領敞開，像是從背到肩鋪展開一面白色的扇形。那塗了濃濃白粉的肌膚透著幾分悲哀隆起，看著像毛織物，也像動物。

「如今這世道嘛……」島村低喃著，隨即察覺話語的空洞而打了個寒噤。

只見駒子單純地說：

「哪個世道都一樣。」

然後抬起頭，茫然地補上一句：

「你不知道嗎？」

貼在背上的紅色襦袢不見了。

島村正在翻譯瓦勒里、阿蘭，以及俄羅斯舞蹈全盛時期法國文人的舞蹈論。他打算自費出版小部數的精裝本。這些書說來對現今的日本舞蹈界毫無助益，卻也因此令他安心。藉由自己的工作來嘲笑自己，算是一種恃寵的樂趣吧。也許他那悲哀的夢幻世界，便是來自那種地方。根本沒有急著出門旅行的必要。

他仔細地觀察昆蟲被悶死的情狀。

隨著秋涼漸濃，每天都有蟲子死在他房間的榻榻米上。翅膀硬的昆蟲一翻肚，就再也起不來。蜜蜂走幾步跌倒，再走幾步又跌倒。雖是因季節變換自然逝去的平靜死亡，但從近處看，牠們的腳和觸角都在顫抖抽搐。就牠們小小的死亡之地而言，八疊榻榻米看來寬廣無比。

島村捏起蟲屍想扔去，偶爾也會忽然想起留在家裡的孩子們。

有的蛾停在紗窗上不動，原來早已死去，像枯葉般散落。也有些從牆上落下來。伸手取來一看，島村心想，怎麼能如此美麗？

待防蟲的紗窗卸去，蟲聲也寥落寂靜下來。

國境群山的紅鏽色漸濃，在夕照下猶如冰冷的礦石般曖曖生光。旅館正值賞楓客的高峰。

「我想今晚不能來了。有地方人士的宴會。」當晚駒子也先往島村的房間走了一趟，不久大宴會廳便響起太鼓聲，傳來女人尖銳的聲音。但在這陣喧囂最烈時，意想不到從近處響起了清澈的聲音。

「有人在嗎？有人在嗎？」葉子喊著：「這個，是阿駒要給您的。」

葉子站著，像郵差一樣伸手遞了過去，然後匆匆跪坐下來。島村拆開那封摺起的信紙時，葉子已不見身影。島村一句話都沒來得及說。

「我喝了酒，現下吵鬧得很。」懷紙上只見一行醉醺醺的字跡。

不到十分鐘，駒子便踩著淩亂的腳步聲進來。

「剛才她送來了？」

「對啊。」

「是嗎？」她心情極佳地瞇起一隻眼。「呼，好舒服。我推說要去點酒，偷偷溜過來的。卻被掌櫃的發現，挨了罵。酒眞是好，挨罵也罷、腳步聲也罷，我都不管了。哎呀，討厭。一過來就醉了。我這就回去忙。」

「妳連指尖泛起的顏色都好看喔。」

「好啦，做生意去。她說了什麼？她可是個醋罈子呢，你可知道？」

「妳說誰？」

「會被殺掉喔。」

「她也來幫忙？」

「她端酒壺來，站在走廊的陰影裡直盯著看，眼睛還發亮。你就喜歡她那雙眼睛對吧？」

「她準是覺得那場面下流不堪，才盯著瞧吧。」

「所以我才寫了紙條讓她送來。我想喝水，給我水。誰下流不堪了？女人要沒經人求愛而身陷其中，哪裡懂得這些。我醉了嗎？」說著，歪倒似的抓住鏡臺兩端定睛細看，然後俐落地甩了甩衣襬便走出去。

後來宴會似乎結束了，突然沉靜下來，遠遠傳來陶瓷器相碰的聲響，島村正猜想駒子應該被客人帶去別家旅館時，葉子又帶著駒子的紙條來了。

「不去山風館，要回梅之間了，晚安。」

島村有點不好意思地苦笑。

「謝謝。妳來幫忙？」

「對。」葉子點頭，那雙刺人般的美麗雙眸瞄了島村一眼。島村有點狼狽。

過去見過她幾次，都讓他留下感動的印象，而當這女孩若無其事就這樣坐在他面前，他卻莫名不安。她那副過於嚴肅的舉止，總看似處於不尋常的事態中。

「好像很忙啊。」

「對。可是，我什麼都不會。」

「我見過妳好幾次。第一次是在妳照顧那男人回來的火車上，妳還拜託站長照顧妳弟弟，妳記得嗎？」

「記得。」

「聽說妳睡前會在浴槽裡唱歌？」

「哎呀，我好沒規矩，眞難爲情。」那聲音美得令人心驚。

「總覺得好像了解妳的一切。」

「是嗎，聽阿駒說的？」

「她什麼也沒說。她似乎不想談起妳。」

「是嗎。」葉子輕輕別過頭。

「阿駒人很好，只是她很可憐，請您好好待她。」

她說得很快，話音落下時微微顫抖。

「可是我什麼也不能爲她做。」

葉子似乎連身子也要顫抖起來。島村從她那彷彿有危險光芒迫近的臉龐移開視線，笑著說：

「也許我早點回東京比較好。」

「我也要去東京。」

「什麼時候？」

「什麼時候都可以。」

「那麼，我走的時候帶妳一起吧？」

「好的，請帶我走。」她說，乍聽不以爲意，語氣卻透著真摯。島村吃了一驚。

「只要妳家裡的人同意。」

「我家人就只剩在鐵路做事的弟弟一個，我自己做主就行了。」

「東京有人可以投靠嗎？」

「沒有。」

「妳和她商量過嗎？」

「阿駒嗎？阿駒很可恨，我才不告訴她。」

這樣說著，不知是否鬆了一口氣，葉子的雙眸變得溼潤，抬眼看他，島村感到一股奇異的魅力。但不知怎地，他反而熊熊燃起對駒子的愛情。與一個來路不明的女孩近乎私奔般回東京，或許是一種向駒子激烈謝罪的方式。也形同一道刑罰。

「這樣跟著男人走不害怕嗎？」

「爲什麼要害怕？」

「妳到東京後暫時要在哪裡落腳、在東京想做什麼，不先考慮這些豈非很危險？」

「一個女人總會有辦法的。」葉子的語尾美麗地揚起。她注視著島村。

「可以僱我當女傭嗎？」

「什麼，妳想當女傭？」

「其實我討厭當女傭。」

「妳之前在東京是做什麼的？」

「護士。」

「進過醫院？還是在學校？」

「都沒有，只是自己想當護士。」

島村又想起葉子在火車上照顧師傅兒子的模樣，原來那般認眞中透露了葉子的志向嗎？

不禁微微一笑。

「那妳這次想去學習當護士嗎？」

「我不想再當護士了。」

「像浮萍一樣漂泊也不是辦法。」

「哎呀，什麼浮萍呀，討厭。」葉子笑了。

她的笑聲也清亮得近乎悲戚，聽來並不傻。卻在空虛地敲擊了島村的心弦後驀然消失。

「有什麼好笑的？」

「因爲，我只照顧過一個人。」

「咦？」

「而我再也做不到了。」

「是嗎。」島村又一次大感意外，靜靜地說：「聽說妳每天都去蕎麥田下面的墓。」

「對。」

「妳認爲妳這輩子，再也不會照顧別的病人，也不會給別人上墳了？」

「不會了。」

「那妳還能離開他的墓去東京？」

「哎呀，對不起。請帶我去吧。」

「駒子說，妳是個醋罈子。那男人不是駒子的未婚夫嗎？」

「行男嗎？不是，才沒那回事。」

「那妳爲什麼覺得駒子可恨？」

「阿駒？」她的語氣彷彿人就在旁邊，然後雙眼發光地瞅著島村。

「請好好對待阿駒。」

「我什麼都不能爲她做啊。」

淚水湧上葉子的眼頭。她抓起一隻掉落在榻榻米上的小蛾，抽泣著說：

「阿駒說我會發瘋。」說罷便忽地走出了房間。

島村感到一陣寒意。

開了窗想扔掉葉子捏死的蛾，卻見喝醉的駒子正同客人躬身划拳，那神態毫不退讓。天空陰鬱。島村去了室內溫泉。

葉子帶著旅館的孩子去了隔壁的女湯。

她讓孩子脫去和服、洗澡，話聲極其親切，甜美的聲音聽來像初爲人母，嗓音悅耳動人。

然後她以那樣的聲音唱起了歌。

…………

…………

到後面一瞧
三棵梨樹
三棵杉樹
一共六棵
烏鴉從下面
築了巢
麻雀從上面
築了巢
林中的螽斯
為何一直叫
和杉樹朋友去掃墓

一座一座又一座

手鞠歌童稚鮮活、雀躍又快速的語調，令島村感到剛才的葉子簡直像一場夢。

葉子不停向孩子說話，出了浴池後，她的聲音彷如笛聲般繞梁不去。黑亮陳舊的玄關鋪木地板上，擺著一只桐製三味線盒，在秋日的更深夜靜，莫名令島村傾心，正唸著所有人的藝名，駒子從清洗餐具的聲響那頭走來。

「你在看什麼？」

「這個人也要留宿嗎？」

「誰？哦，這個？你眞傻，誰會帶這東西到處走呀。有時一放就是好幾天。」她笑著說完，艱難地呼出一口氣後閉上眼，鬆開衣襬，倚在島村身上。

「喏，送我回去。」

「妳不是不回去嗎？」

「不行、不行，我要回去。這是本地人的宴會，大家都陪著去下一局，只有我留下來。宴席辦在這裡便罷，可朋友們回去時約我泡溫泉，我要是不在，未免說不過去。」

明明醉得厲害，駒子仍好好走在陡峭的坡道上。

「你惹哭那丫頭了，對不對？」

「這麼一說，她的確有點瘋。」

「那樣子看別人，很有趣？」

「不就是妳說的嗎？說她會發瘋。她一想起妳這樣說她，很不甘心，才哭了出來。」

「若是那樣就好。」

「過不到十分鐘，入浴時就以那美妙的嗓音唱起歌來了。」

「她就是習慣在洗澡時唱歌。」

「她很認眞拜託我，讓我好好待妳。」

「眞傻。不過，這種事，你犯不著向我吹噓吧？」

「吹噓？怎麼每次一扯上她，妳就莫名鬧起彆扭。」

「你想要她？」

「看吧，妳就會說這種話。」

「我不是開玩笑。看著她，我就覺得她終究會變成我的負擔。沒來由的就會這麼想。你也是，假如你喜歡她，就將她好好看仔細了。你也會這麼想的。」駒子的手搭在島村肩上，身子挨過來，又突然搖搖頭。

「不對。要是讓你照顧了，也許就不會瘋了。你替我背這負擔吧？」

「別胡鬧了。」

「你以爲我是發酒瘋纏著你胡說八道？只要想到她在你身邊備受寵愛，我就能在這山裡放蕩墮落，那多痛快。」

「喂。」

「別管我。」她小跑步逃開，咚一聲撞上擋雨窗，才發現已到了駒子家。

「以爲妳不回來了吧。」

「沒事，我來開門。」

駒子抬起那道吱軋作響的門腳，拉開門後，朝島村悄聲說：

「坐坐再走。」

「這個時候？」

「家裡的人都睡了。」

島村顯得遲疑。

「那我送你。」

「不用了。」

「不行，你還沒看過我現在的房間呢。」

一進後門，那家人就在眼前橫七豎八地睡著。蓋著好幾張這一帶山袴用的那種棉布，還是褪了色發硬的鋪蓋，老闆夫婦和一個十七、八歲的女孩，以及五、六個孩子在昏黃的燈光下，朝著不同的方向熟睡著，那是在貧苦中仍舊強勁的力量。

島村像是被那撲面的溫熱鼻息往外一推，不由想退出門外，但駒子已將身後的門砰一聲關上，毫不顧忌腳步聲踩過木頭地板。島村便也躡手躡腳走過孩子們的枕邊，心頭因異樣的快感而發顫。

「在這兒等一下。我去二樓點燈。」

「不要緊。」島村說，爬上漆黑的梯子。一回頭，一張張純樸的睡臉另一頭是零食鋪子。

鋪著老榻榻米、看似農舍的二樓有四個房間。

「就我一個人住，要說大是很大。」駒子說，可紙門全敞開著，舊家具什物堆在另一邊的房間，煤灰燻黑的格子門裡，鋪了一床駒子的小鋪蓋，牆上掛著出客用的衣服，看起來倒像個狐狸窩。

駒子輕巧而拘謹地坐在地板上，讓島村坐上唯一的坐墊。

「哎呀，好紅。」她往鏡子看。

「我醉得這麼厲害呀？」

然後在衣櫃上方翻找起來。

「喏，日記。」

「好多啊。」

她從旁取出一個彩紙糊的小盒子，裡面裝滿各種香菸。

「我將客人給的藏在袖兜或夾進腰帶裡帶了回來，才皺成這樣，但是可不髒喔。各牌子幾乎都齊了。」她在島村面前一手撐地，一手掏著盒裡的菸給他看。

「哎呀，沒有火柴。我戒菸以後就用不上了。」

「不用了。妳在做衣服？」

「對呀。但賞楓的客人多了，就沒工夫做。」駒子回頭，將衣櫃前的針線衣物收到一邊。

那只木紋清晰的衣櫃和塗朱漆的奢華裁縫箱，應是駒子東京生活的遺緒。雖無異於在師傅家那舊紙箱似的閣樓，在這荒廢的二樓卻顯得可悲。

一根細繩從電燈上垂落到枕頭上方。

「看完書想睡了，拉這根繩就能關燈。」駒子把玩著那繩子，卻像小家碧玉般乖巧地端坐，透著幾分靦腆。

「好像狐狸嫁女兒啊。」

「就是啊。」

「妳要在這房間住上四年？」

「已經過了半年。很快的。」

彷彿可以聽見樓下那家人的呼吸，話題中斷後又無以為繼，島村便匆匆起身。

駒子一邊關門，一邊探頭出去仰望天空。

「要下雪了。紅葉的季節也快結束了。」她走到外面。

「此處乃山村，紅葉未消雪已落。14」

「那麼，妳好好休息。」

「我送你。就送到旅館玄關。」

但她仍與島村一同進了旅館。

「你休息吧。」說完不知消失到哪兒去，不多時又斟了滿滿兩杯冷酒，一進他房間便激動地說：

14／人形淨琉璃〈箱根靈驗躄仇討〉中，主角遭殺害之妻的著名臺詞。

「來，喝吧，要喝掉喔。」

「旅館的人都睡了，妳從哪裡弄來的？」

「不打緊，我知道放哪裡。」

駒子看來在倒酒時先喝了，先前的醉意似又捲土重來，只見她瞇起眼，盯著酒從杯緣溢出來。

「不過，摸黑喝酒就不好喝了。」

島村也不矜持，將端到面前杯裡的冷酒一飲而盡。

才喝這麼一點不可能醉，但或許是在外面走動時受了涼，忽地覺得噁心，醉意上頭。他自知臉色發青，便閉上眼躺下，駒子趕緊上前照顧他。不一會兒，島村便因女子溫暖的身體整個人如幼兒般放鬆下來。

駒子似乎不知所措，舉止猶如沒生育過的女子懷抱別人的孩子，抬頭望著孩子的睡臉。

半晌後島村默默吐出一句：

「妳是個好女孩。」

「怎麼說？哪裡好？」

「就是好女孩啊。」

「是嗎？你這人真討厭。胡說些什麼啊。清醒一點。」駒子別過頭，搖晃著島村，有一搭沒一搭反駁了他幾句，便不作聲了。

片刻後，她獨自含笑。

「我才不好呢。我很難受，你回去吧。我已經沒有衣服可以穿了。每次上你那兒，我都想換不同的衣服穿，如今沒得換了，這件還是向朋友借的。我是個壞女孩吧？」

島村說不出話來。

「這樣子，哪裡好了？」駒子似乎有點哽咽。

「頭一回見你，我覺得這人真討厭。哪有人說話那麼失禮的呢。那時真覺得討厭。」

島村點點頭。

「哎呀，我一直沒說，你知道？讓女人說出這種話來就完了呀！」

「沒關係。」

「是嗎？」駒子像在回顧往事般，沉默良久。那樣一個女人活著的感覺，溫暖地傳遞給了島村。

「妳是個好女人。」

「哪裡好？」

「就是個好女人。」

「眞是怪人。」像是怕癢般縮起肩頭藏起臉來，但不知想到什麼，突然撐起一隻胳臂抬起頭來。

「那是什麼意思？你說，這話是什麼意思？」

島村詫異地望著駒子。

「你說呀。所以你才一直回來？你都在笑話我吧？你果然在笑我。」

駒子滿面通紅地瞪著島村質問，肩頭因激怒而顫抖，臉色又一下子退紅泛青，眼淚斷了線般掉下來。

「我不甘心，啊，我好不甘心啊！」說完從被窩裡滾出來，背對他而坐。

島村明白駒子準是誤會了，心頭赫然一凜，卻閉著眼不作聲。

「可悲啊。」

駒子自言自語般低喃，身子蜷縮著伏倒。

可能是哭累了，只見她拿起銀簪一下一下戳刺榻榻米，又突然走出房間。

島村不敢去追。駒子那麼一說，他內心十分愧疚。

但駒子旋即又悄聲回來，從格子門外吊著聲音喊：

「喏，要不要去泡溫泉？」

「好。」

「對不起呀。我轉念一想，還是回來了。」

她站在走廊暗處，沒有要進房間的意思。島村便拿著毛巾出去。駒子避開他的視線，微微低著頭走在前面。那模樣就像罪行被揭發後給人拖著走似的。但是當身體在溫泉裡泡暖了，她又異常歡快地嬉鬧起來，教人看了心痛，可她又不肯睡去。

翌日早晨，島村在歌謠聲中醒來。

靜靜聽了一陣，駒子從鏡臺前回頭粲然微笑，說道：

「那是梅之間的客人。昨晚宴會後不就叫我去了嗎？」

「歌謠會的團體旅行嗎？」

「是啊。」

「下雪了？」

「嗯。」駒子站起來，輕輕打開格子窗讓他看。

「紅葉也落盡了。」

牡丹雪[15]從被窗戶框起的灰色天空飄灑進來。就像一幕沉靜的幻覺。島村頂著睡眠不足的空虛茫然望著。

歌謠會的人打著鼓。

島村想起去年底那面朝雪之鏡，便往鏡臺看去。鏡子裡，牡丹雪那冰冷的花瓣更大片，在敞開衣襟擦拭頸項的駒子周身，浮泛出白色的線。

駒子的肌膚乾淨得像剛洗過，實在不像是只因島村隨口之言便會錯意的女人，反而看似懷著難以遏抑的悲傷。

紅葉的鏽色一天暗過一天的遠山，因初雪鮮明重生。

披上薄雪的杉樹林，每一棵杉樹都引人注目，銳利地頂著天立在雪地上。

在雪中紡線，在雪中織布，在雪水中漂洗，在雪上晾曬。從撚線到織就，一切都在雪中。以前的人也在書上寫，有雪方有縐，雪爲縐之母。

在漫長的雪季，山村裡的女人們做的手工，便是這雪國的麻縐。島村也在舊衣鋪買來當作夏衣穿。他非常喜愛縐，從舞蹈那邊的人脈，他認識了買賣古董能劇舞臺裝的店家，拜託他們若有質地上好的縐隨時給他看，也拿來作貼身的單衣。

據說從前到了雪融的初春，人們收起擋雪的竹簾時，便會舉辦縐布的首場市集。遠道前

15／黏附著結晶的大片雪花，飄落下來的模樣就像牡丹的花瓣。

來採購縐布的三都[16]大和服商，甚至有固定的投宿處，姑娘們半年來精心織就的布匹爲的就是首場市集，遠近村里男女都聚攏到這兒來，雜耍表演和各式雜貨攤林立，熱鬧得就像鎮上的慶典。縐布上附了織女的名字和住處，人們就其好壞定出一級、二級等名次，也藉此挑選媳婦。若非從小就學習織布、年齡介於十五、六歲乃至二十四、五歲的年輕女子，可織不出好縐布的。上了歲數的人來織，織出的布面會失去光澤。女孩們爲了成爲數一數二的織女，努力磨練技藝，打從舊曆十月紡線，到次年二月中曬好，正因是在心無旁騖的積雪時節的手工，她們付諸心血，將情感傾注在製品上。

島村穿的縐布衣中，說不定還有江戶末期至明治初期的女孩織就的。

至今，島村還是會將自己的縐送去「曬雪」。每年要將不知誰穿過的舊衣送回產地曬固然麻煩，但一想到昔日姑娘們在雪季的心血，還是希望能讓衣服在織女的故鄉以眞正的曬法來保養。朝日照著鋪在深深積雪上的白麻，染紅的不知是雪還是布，光想到這番情景，就好似洗淨了夏日的汙垢，彷彿連自己也經過晾曬般，清爽舒暢。只不過都是透過東京的舊衣鋪處理，如今是否仍沿用古老的曬法，島村就不得而知了。

曬布行是自古就有的。織女很少在自家晾曬，大多會交給曬布行。白縐布是織好後曬，帶色的縐布則是紡成紗線後掛在架上曬。白縐布會鋪平了在雪上曬，從一月曬到二月，所以

16／即江戶、大阪、京都。

有時會將覆蓋積雪的稻田、菜田當作曬布場。

無論是布還是紗線，都要在灰水裡浸泡過夜，隔天早上再於水中漂洗幾道後，擰乾來曬。這個過程要重覆好幾天。以前的人也曾寫道，白縐布將曬好之際，朝陽升起，紅光普照的景色無可方物，眞想讓南國之人看看。等縐布曬好，雪國的春日也近了。

縐布的產地離這個溫泉鄉很近，峽谷緩緩開展的下游原野就是，從島村的房間應該也看得見。昔日縐布市集所在的城鎮，而今都有了火車站，仍是知名的紡織重鎮。

但島村未曾在穿著縐布的盛夏或織縐的隆冬，來過這個溫泉鄉，也就沒有機會與駒子談起縐布。

然而聽到葉子在浴場唱的歌，他忽然想，若這女孩生在過去，想必她也會操作著紡車或織機像那樣唱歌。葉子的歌便是那樣的歌聲。

據說比毛髮還細的麻紗，若少了天然的雪的溼氣便不好處理，且以陰冷的季節爲佳。以前的人說，在寒冷的三九天織就的麻，在暑氣最盛的三伏天穿著起來最爲涼爽舒適，此即陰陽自然規律。纏著島村不放的駒子，似在本性上有些寒涼。因此，駒子體內那溫熱之處格外使島村愛憐。

但這樣的愛憐，卻連一塊縐布那般確切的形態都難以留下。縱使布料在工藝品中屬壽命短的，倘若好好愛惜，五十年或更早之前的縐布也鮮豔可穿。可人的依戀親愛之情還不及縐布的壽命——正茫然思忖著，腦海中驀然浮現替別的男人生了孩子、成爲母親的駒子的身影。島村一驚環顧四周。心想自己可能太累了。

這次他逗留許久，彷彿忘了要回到家中妻兒身邊。倒不是離不開，也不是不願分別，而是他已習慣等候駒子頻頻前來相會。駒子愈是那樣逼迫他，島村便愈發苛責自己的庸碌無爲。明白說來，他知道自己寂寞，卻只是坐看這一切。島村也無法理解，駒子爲何深陷於對自己的情感。駒子的一切，島村都懂，可島村的一切，駒子一無所知。島村聽著駒子撞上那虛無之牆的空洞回音，就像雪花飄落鬱積在心底。島村不可能永遠由著自己的性子這樣下去。

島村覺得這次回去之後，應該暫時不會再來這處溫泉。他倚在因雪季將近而端出的火盆邊上，旅館老闆特地拿出來的這只京都的老鐵壺裡，煮茶的水沸聲輕柔響著。壺上精巧地鑲著銀絲花鳥。水沸聲有兩重，聽來一遠一近，而比那遠處的水沸聲更遠的地方，像有微弱的鈴聲不斷響起。島村將耳朵湊近鐵壺聽那鈴聲，不經意看見鈴聲細碎的遠處，駒子那雙小腳正似鈴聲般碎步走來。島村暗自一驚，決心非離開這裡不可。

於是，島村有了主意，要去縐布的產地看看。一來也是盤算著順勢離開這個溫泉鄉。

但下游有好幾個城鎮，島村不知該去哪個好。他想看的不是紡織業興盛的大城鎮，因此在看似冷清的小站下了車。走了一會兒，便來到應是古時驛站的大路上。

家家戶戶的屋簷都朝外直伸出去，撐著簷緣的柱子沿道路林立。這景象類似江戶時稱「店下」的軒下道路[17]，但此地自古似乎喚作雁木，以便雪深時節通行。屋簷集中於一側，一路綿延。

由於戶戶相連，屋頂的雪除了掃落路中央無處可丟棄。實際上便是從大屋頂上往路面的雪堤扔。要穿越馬路到另一頭，就在這雪堤上尋地方鑿出通道。在此地據說叫作「鑽胎內」。

同樣是雪國，駒子所在的溫泉村就沒有這相連的屋簷，所以島村是來到在這城鎮才首次看到雁木。他覺得稀罕，便在那底下走了一會。老舊的屋簷下很暗，傾斜的柱根都腐朽了。彷彿在窺視祖先代代遭雪埋沒的陰鬱房子內部一樣。

在雪下一心一意做手工的織女們，生活並不像她們織就的縐布那般乾爽明亮。這座老城鎮全然予人這樣的印象。記載縐麻的古書上引用了唐代秦韜玉的詩，當時沒有人家爲了織布而僱請織女，因爲織一匹縐布太費工，怎麼都不合算。

這般辛苦的無名織工早已逝去，只留下美麗的縐布。那夏日穿著的涼爽膚觸，成了島村

17／商家前方屋簷下的通行空間，即騎樓。

這類人的奢華和服。這實是不足爲奇之事，島村卻忽覺不可思議。出於全心所愛的行動，或許會在何時何地鞭撻起人來嗎？島村從雁木底下走到馬路上。

似是昔日驛站的大路又直又長。應該是一路通往溫泉村的老街道吧。鋪木屋頂的木板條和上面壓的石頭，與溫泉村如出一轍。

簷柱落下淡淡的影子。不知不覺，日已西斜。

因爲沒什麼可看，島村便又上了火車，在下一站下車。那裡也和上一個城鎮類似。他漫無目的信步而行，只吃了一碗烏龍麵祛寒。

麵店在河岸邊，這條河應該是從溫泉村那裡流過來的。眼前尼姑三三兩兩先後過橋。她們穿著草鞋，也有人背著饅頭笠，看來才化緣回來。就像烏鴉急著歸巢。

「這一帶常有尼姑路過？」島村問麵店的女人。

「是的。後面就有尼庵。過不久下了雪，要從山裡出來怕就不容易了。」

橋另一頭籠上暮色的山已是一片白。

在雪國，每到葉落風寒的時節，便是接連的淒冷陰天。這就是要下雪了。遠近的高山也一片白茫茫。這叫作「岳迴」。有海的地方有海鳴，深山中有山鳴。猶如遠方雷聲。而這叫作「胴鳴」。看到岳迴，聽到胴鳴，就知道雪不遠了。島村想起以前的書上是這麼寫的。

島村在晏起的鋪蓋裡聽賞楓客唱歌謠那天，降下了初雪。原來今年山和海都響過了嗎？或許是島村在獨自旅行來到溫泉鄉、不時與駒子相會的期間，聽覺莫名敏銳起來，光是遙想山鳴與海鳴，那遠鳴便彷彿傳至耳底。

「尼姑們接下來也要準備過冬了吧。她們有多少人呢？」

「不清楚，應該很多。」

「一群尼姑聚在一起，幾個月被雪困住，都在做什麼呢？不如在尼庵織些從前這一帶織的縐布也好？」

對於島村這番異想天開的話，麵店的女人只是淡淡一笑。

島村在車站等回程的火車等了將近兩個鐘頭。暗澹的太陽沉落之後，寒意像是要擦亮星光般愈發冷澈。雙腳凍得冰涼。

漫無目的地跑了一趟，島村又回到溫泉鄉。當車子穿越平交道來到神社的杉林旁，眼前一戶人家亮著燈，島村鬆了一口氣，這才發現是小料理屋菊村，三、四個藝伎在門口站著說話。

才想著駒子不知在不在，一眼就瞧見駒子。

車子突然放慢速度。是已知島村與駒子關係的司機有意無意放慢了。

島村忽然回過頭，望著與駒子相反的方向。一路駛來的汽車在雪地上留下清晰的軌跡。沒想到在星光下，竟能看得很遠。

車子來到駒子面前。只見駒子似是閉了眼，便撲上車子。車子沒有停下來，就這樣靜靜地爬坡。駒子弓身踩在車門外的踏腳處，緊抓住門把。

儘管駒子像被吸過來似的猛撲上來，島村只感覺一個溫暖的東西軟乎乎挨了過來，對駒子的舉動既不覺得不自然、也不覺危險。駒子像要抱住車窗般抬起一隻胳臂，袖口滑落，長襦袢的顏色越過厚厚的車窗傾瀉而出，沁染著島村凍僵的眼簾。

駒子將額頭貼在窗玻璃上。

「你上哪兒去了？說呀，你到底上哪兒去了？」她尖聲叫道。

「很危險。別亂來。」島村也高聲回答，但這是甜美的遊戲。

駒子打開車門側身爬進來。但這時車已經停下。來到了山腳。

「說呀，你究竟上哪兒去了？」

「嗯，四處看看。」

「哪裡？」

「也說不上來去哪兒。」

駒子理了理衣襬，舉止間十足藝伎風情，島村看著覺得新鮮。

司機動也不動。車子停在路的盡頭，島村發覺這樣乾坐著也很可笑，便說：

「下車吧。」

駒子將手放上島村膝頭。

「哎呀，好冷。這麼冷。為什麼不帶我去呢？」

「是啊。」

「什麼呀？眞是怪人。」

駒子愉快地笑了，爬上石階小路。

「我看見你出去了。兩點，還是快三點的時候？」

「嗯。」

「聽見車聲就去看了。還跑到外頭呢。你頭也沒回對吧？」

「是嗎？」

「你沒有。為什麼不回頭看看呢？」

島村略感意外。

「你呀，眞不知道我去送你嗎？」

「不知道。」

「瞧，我就知道。」駒子仍是愉快地含笑，然後肩頭靠過來。

「為什麼不帶我去？變冷淡了呢，眞討厭。」

突然間火警鐘響了。

兩人回頭望去。

「失火了、失火了！」

「有火災！」

火舌從下方村子正中央竄了上來。

駒子喊了兩、三聲後抓住島村的手。

黑煙席捲攀升，火舌時隱時現。火勢似乎正往旁邊蔓延，舔噬房舍。

「那是哪裡？像是離妳待過的師傅家很近？」

「不是。」

「那是在哪裡？」

「更上面，靠近車站。」

火焰穿透屋頂，沖上半空。

「啊，是繭倉！是繭倉！哎呀、哎呀、繭倉燒起來了！」駒子不住喊著，將臉頰緊貼在島村肩上。

「是繭倉，是繭倉啊！」

火勢愈見凶猛，但從高處在廣闊的星空下俯視，又像一場著火的把戲般悄無聲息。然而島村感受到那駭人烈焰聲傳入耳中的恐懼。他抱住駒子。

「沒什麼好怕的。」

「不、不、不。」駒子搖頭哭了起來。島村的掌心感覺那張臉比平常更小。繃緊的太陽穴顫抖著。

駒子看到火便哭起來，可島村毫不懷疑她為何而哭，依舊摟著她。

駒子忽然停止哭泣，抬起臉來。

「啊，對了，繭倉要放電影，就是今晚。裡面很多人……」

「那可不得了。」

「會有人受傷的，會燒死人的。」

聽見上面傳來喧鬧聲，兩人匆匆奔上石階。往上一看，坐落高處的旅館二樓、三樓，幾乎所有房間都開了窗，人們奔到明亮的走廊上看火災。庭院角落那排菊花的枯枝在不知是旅館的燈光抑或星光下浮現輪廓，驀地便明瞭是映照著火光。那菊花後方也站著人。旅館掌櫃等三、四人滾也似的往兩人這廂下來。駒子大聲喊：

「喂，是藺倉？」

「是藺倉。」

「有人受傷嗎？有沒有人受傷？」

「正在救。電影的膠捲一下子就起火了，火勢延燒得很快。我是在電話中問清的。妳看！」旅館掌櫃才迎面碰上，揮了揮手又走了。

「聽說好多孩子被一個個從二樓丟下來。」

「天啊，這可怎麼辦？」駒子像要追著掌櫃般下了石階。後來下階梯的人接連追過她。駒子也跟著跑起來。島村連忙追上。

石階下，火勢被房舍擋住，只冒出些火頭。火警鐘響徹四周，人心愈見驚惶。

「結冰了，當心喔，可滑著呢。」駒子回頭對島村說，停下了腳步。

「不過，對啊，你就不用了，不必過去。我是擔心村裡的人。」

經她一說還真是如此。島村不覺鬆了口氣。一看腳下是鐵路，兩人已經來到平交道前。

「是銀河。多美啊。」

駒子低聲說。她就這麼仰望著天空，又跑起來。

啊，銀河！島村也仰頭驚嘆，這一看，彷彿身體飄然往銀河飛去。銀河的星光近得幾乎要托起島村。行旅中的芭蕉在驚濤駭浪的海上看到的，便是如此燦爛壯濶的銀河嗎？赤裸的銀河意欲以其身軀捲裹夜晚的大地，已然低垂眼前。美得驚心動魄。島村感到自己小小的影子反而倒過來從地面映入銀河。銀河裡無數星光，一顆顆清澈可見，連一簇簇光雲的銀沙也粒粒分明，而且銀河那無底的深邃連人的視線也吸了進去。

「喂——喂——」島村喊駒子：「喂——妳過來！」

駒子朝銀河垂下的幽暗山麓那頭跑去。

她似是提著衣角，紅色的衣襬隨手臂擺動時而露出、時而隱沒。在星光照耀的雪地上，那赤紅清晰可辨。

島村飛快地追了上去。

駒子放慢腳步，鬆開衣角拉住島村的手。

「你也要去？」

「嗯。」

「眞好事呢。」說著，又拎起落在雪上的衣襬。

「他們會取笑我的，你回去吧。」

「嗯，到那邊就好。」

「不太好吧？連到火場也帶上你，對村裡的人不好意思。」

島村點點頭，停下腳步，駒子卻仍輕拉著島村的衣袖緩緩走著。

「你找個地方等我。我馬上回來。在哪裡好？」

「都可以。」

「那好，再過去一點。」說著，駒子凝視島村的臉，但突然又甩著頭說：

「討厭，眞是夠了。」

駒子的身子猛地撞過來。島村踉蹌了一下。路邊的薄雪中豎著一排排大蔥。

「多無情啊。」駒子出言挑釁，語速很快。「你呀，說過我是個好女人對吧？一個要走的人，爲什麼要說那種話，你告訴我？」

島村想起駒子拿著銀簪一下一下戳刺榻榻米的模樣。

「當時我哭了。回家之後也哭了。我害怕與你分開。可是，你還是快走吧。我不會忘記自己因爲你那番話而哭出來。」

駒子的誤會，反而讓那些話銘刻在她體內深處，一思及此，島村便油然升起濃濃的依戀。但這時火場上人聲鼎沸，新冒出的火舌又四下噴濺火星。

「哎呀，又燒得那麼厲害，起了那麼大的火。」

兩人鬆了一口氣，恍如得救般又跑了起來。

駒子跑得很快。穿著木屐，飛也似的掠過結冰的雪地，雙臂與其說前後擺動，更像朝兩側伸展開來。只見她前胸鼓足了勁。島村心想，原來她如此嬌小。微胖的島村目光追著駒子的身影一邊跑著，很快便覺得難受。但駒子也忽然大口喘氣，蹣跚地倒向島村。

「眼珠子凍得很，都要流眼淚了。」

臉頰發熱，只有眼睛很冷。島村的眼皮也是溼的。一眨眼，便滿眼銀河。島村忍著不讓眼淚掉下來。

「每到夜裡就是這樣的銀河嗎？」

「銀河？很美吧。可不是每個晚上都這樣。今天一點雲都沒有。」

銀河從兩人的身後往前流瀉，駒子的臉彷彿映在銀河中熒熒發亮。

但是，鼻子的輪廓模糊，嘴唇也失去顏色。橫過天際的那抹光輝，竟是這麼暗淡嗎？島村不敢置信。星光似比朦朧的月亮更加淡薄，銀河卻比任何滿月的夜空還要澄亮。地面不見影子的幽黯中，只有駒子的臉像古老的面具般浮現，散發女人的氣息，真是不可思議。

抬頭一看，銀河又低垂而下擁抱這片大地。

像極了大片極光的銀河，浸泡、沖刷島村的身體，他感覺彷彿站在天地的盡頭。是寧靜冰冷的寂寥，也帶著驚人的魅惑。

「等你走了，我會認真過日子的。」駒子說罷提腳就走，伸手扶攏鬆掉的髮髻。走了五、六步後回頭。

「怎麼了？別這樣。」

島村站著不動。

「是嗎？那你等等。待會兒一起回你房間。」

駒子微微揚起左手，便跑走了。她的背影彷彿被幽暗的山麓所吸沒。銀河在那高低起伏的山巒盡頭散開，又反過來從那裡盛開擴散。山色愈發幽暗。

島村才邁開步子不久，駒子的身影就隱沒在大路的民房裡。

傳來「嘿喲、嘿喲、嘿喲」的呼喝聲，人們拖著幫浦走過街道。接連不斷有人從後面跑來。島村也急忙來到大路。兩人來時的小路以丁字形與大路交會。

又有幫浦來了。島村讓了路，跟在後面跑。

那是古老的手壓式木製幫浦。除了一隊人在前面拉動長繩子，幫浦四周也圍滿消防隊員。相形之下，那幫浦小得令人莞爾。

駒子也避在路邊等幫浦來。看見島村便一起跑。站在路邊讓路給幫浦的人們，也像被幫浦吸著走般跟在後頭。此刻兩人不過就是隨人群奔向火場罷了。

「你還是來了？眞好事呢。」

「嗯。那幫浦不太牢靠啊，明治前的吧。」

「就是啊。當心摔著。」

「好滑。」

「對呀，往後要是整晚颳起暴風雪，你再來看看。不敢來吧？雉雞和兔子還會跑進房子裡躲呢。」駒子雖這麼說著，聲音卻因混雜在消防員的呼喝聲和人群腳步聲中，顯得快活響亮。島村也感到身子輕快。

火焰聲劈啪作響。眼前火舌竄起。駒子緊緊抓著島村的手肘。大路上低矮的黑色屋頂在火光下如喘息般若隱若現。幫浦的水流到腳下的路面。島村和駒子自然而然停在人牆處。大火延燒的焦臭味中夾雜著煮蠶繭的氣味。

起先人們高聲談論，火災是因電影膠捲燃燒引起的、看電影的孩子被從二樓一個個扔下地面、目前無人傷亡、幸好村裡的蠶繭和稻米沒放在那繭倉云云。漸漸地，人們在大火面前變得緘默不語，彷彿遠近都失去方寸，寂靜統一了火場的氣氛。似是專注聆聽火聲與幫浦聲。

時不時，晚一步趕到的村人到處呼喚親人的名字。有人回答，便歡喜地互相呼應。唯這些聲音鮮活來去。火警鐘已經停了。

顧慮著旁人目光，島村悄悄從駒子身旁走開，站在一群孩子身後。孩子們因爲火的熱度往後退。腳下的雪好似也有些鬆動。人牆前方的雪遇火與水而融化，在凌亂的腳印下泥濘一片。

他們就站在繭倉旁的田地，同島村他們一起趕來的村人大多聚集在那裡。

似乎是從架設放映機的入口處起火的。幾乎大半個繭倉連同屋頂和牆壁都燒坍了，柱子和屋梁骨架立在那冒著煙。那本就是個只有木屋頂、木牆、木地板的空屋，屋內沒起多少煙，噴灑足夠水量後，屋頂似乎也不再燒了，可是延燒止不住，火焰又從意想不到的地方冒出來。三架幫浦連忙上前灑水滅火，只見火星狂噴，裊裊升起黑煙。

那些火星迸散到銀河中，島村又像被托上銀河。濃煙奔向銀河，銀河卻反過來唰地傾瀉而下。幫浦的水柱沒有瞄準屋頂，搖晃著化爲霧白的水煙，彷彿映出銀河星辰。

駒子不知何時靠過來，握住島村的手。島村轉頭望著她一言不發。駒子仍凝視著火場，火光在她那張正經又微微泛紅的臉龐上搖曳閃動。島村心口湧現一陣激動。駒子的髮髻鬆了，伸長了脖子。驟然間島村幾乎要伸手去摸，指尖一顫。他的手是溫熱的，但駒子的手更熱。不知怎地，島村感到離別正在迫近。

入口處的柱子還是哪裡又起火燃燒，一條幫浦的水柱射過去，棟梁滋滋冒著水氣，眼看就要坍塌。

人牆驚叫，倒抽一口涼氣，卻見一具女人的身體墜落。

繭倉為了充當舞臺劇的場地，在二樓設置了徒具形式的觀衆席。雖說是二樓，其實相當低矮。女人就是從這二樓掉下去的，照說轉瞬間就落地，但足以讓人清楚看見墜落的身影。也許是因爲墜落的方式活像人偶般不可思議。只消看一眼就知道女人已失去意識。落地時也杳無聲息。那裡淋了整片水，沒有揚起塵土。約是落在剛延燒的火頭與餘燼復燃的火苗之間。

一架幫浦正朝餘燼的火苗斜斜射出弓形水柱，女人的身體驀地在那水柱前出現。女人就是這樣墜落的。女人的身體在空中呈水平。島村的心突地一跳，但並未感到危險或恐懼。那就像非現實世界的幻影。僵硬的身體拋向空中後變得柔軟，卻因無異於人偶的毫不抵抗、沒有生命的自由，在那瞬間，生與死彷彿都已止步。倘若要說起島村心中掠過的不安，也不過是擔心女人呈水平的身體是否頭朝下、腰或膝是否彎曲。雖看似會如此，但最終仍水平墜落。

「啊！」

駒子厲聲尖叫，伸手掩住雙眼。島村眼睛眨也不眨地看著。

島村什麼時候察覺了墜落的女人就是葉子呢？人牆驚呼、眾人倒抽一口氣、駒子尖叫，其實是同一瞬間的事。葉子的小腿肚在地上痙攣，似也是同一瞬間。

駒子的尖叫聲貫穿島村全身。葉子的小腿肚在痙攣，一陣冰冷的痙攣也爬上島村的腳尖。一陣酸楚的痛苦與悲哀襲來，他心頭狂跳。

葉子的痙攣微弱得幾乎難以察覺，馬上就停了。

而在那痙攣之前，島村先看見的是葉子的臉龐和紅底箭翎花紋和服。葉子是仰著臉掉下來的。衣襬掀起略高過一邊膝蓋。雖然撞上地面，也只是小腿肚痙攣，看來仍是失去意識。島村總覺得葉子沒有死，而是感到葉子內在生命變形的轉捩點。

葉子墜落的二樓觀眾席，又連著倒下兩、三根木頭骨架，在葉子的臉上方燃燒起來。葉子那刺人般美麗的眼眸緊閉。下巴前伸，拉長了頸項的線條。火光在她蒼白的臉上搖曳。

島村忽然想起幾年前，他在前往溫泉鄉與駒子相會的火車上，看見山野燈火在葉子的臉中央亮起的模樣，心頭又是一顫。而這瞬間，火光彷彿也照亮了他與駒子共度的歲月。一陣酸楚的痛苦與悲哀襲來。

駒子從島村身旁奔出去，與她尖叫捂眼幾乎同一瞬間。就是人牆仍不住驚呼、倒抽一口氣的時候。

在滿地澆淋得黑糊糊的餘燼中，駒子拖著藝伎長長的衣襬蹣跚而行。她將葉子抱入懷裡，要走回來。在那張拚了命使勁硬撐的臉孔下，葉子似已死去般空洞的臉低垂著。駒子像是懷抱著自己的犧牲或懲罰。

人牆在大聲議論中瓦解，上前圍住兩人。

「讓開，請讓開。」

島村聽到駒子的叫聲。

「這孩子瘋了，她瘋了。」

島村想靠近這樣高喊近乎瘋狂的駒子，卻被想從駒子懷裡抱走葉子的男人們推開而一個踉蹌。好不容易他站穩後抬起眼，銀河彷彿唰的一聲朝島村心中傾瀉而下。

川端康成年譜

明治三十二年（一八九九）

六月十四日，生於大阪市天滿此花町，為父親榮吉與母親源之子。其上有一姊芳子。父親為醫師，熱愛漢學。

明治三十四年（一九〇一） 二歲

一月，父逝。

明治三十五年（一九〇二） 三歲

一月，母逝。隨祖父母移居原籍地大阪府三島郡豐川村。姊姊寄養於大阪府東成郡鯰江村的姨母家，姊弟分離。

明治三十九年（一九〇六） 七歲

入學就讀豐川村小學校。九月，祖母逝。從此與祖父相依為命。

明治四十二年（一九〇九）　十歲

七月，姊逝。

明治四十五年・大正元年（一九一二）　十三歲

進入大阪府立茨木中學。大量閱讀《新潮》、《中央公論》等小說和文藝刊物，中學二年級時便立志成為小說家。

大正三年（一九一四）　十五歲

五月，祖父逝。成為孤兒，被豐里村的舅舅家收養。

大正四年（一九一五）　十六歲

三月，入住茨木中學的宿舍，直到畢業。嗜讀白樺派的作品。

大正五年（一九一六）　十七歲

開始向雜誌投稿短歌、俳句，並為茨木的小報撰寫短篇小說與短文。

大正六年（一九一七）　十八歲

一月，英語老師倉崎仁一郎猝死，以〈為恩師抬棺〉（師の柩を肩に）一文投稿於石丸梧平的雜誌《團欒》，獲刊，昭和二年三月改題為〈倉木老師的葬禮〉重刊於《KING》。

三月，中學畢業後，前往東京。寄居於淺草藏前的表兄家，常去淺草公園。九月，進入第一高等學校一部乙類（英文），住校。最常閱讀俄國文學。

大正七年（一九一八）　十九歲

秋，初次赴伊豆旅行。途中與流浪藝人一行人結伴而行。此後十年，每年均前往湯島溫泉。

大正九年（一九二〇）　二十一歲

七月，自一高畢業，進入東京帝國大學英文科。與石濱金作、酒井真人等同窗及今東光籌畫《新思潮》的第六度出刊，為承襲雜誌之名前往拜訪菊池寬以徵求同意。從此長期受菊池照拂。

大正十年（一九二一）　二十二歲

二月，《新思潮》第六度復刊。四月，發表〈招魂祭一景〉，成為出道作品。同年，在菊池家認識橫光利一、久米正雄、芥川龍之介等人。

九月至十一月，經歷與伊藤初代訂婚、又遭單方面悔婚的打擊。

四月，〈招魂祭一景〉（新思潮）

大正十一年（一九二二）　二十三歲

七月，〈油〉（新思潮）

六月，由英文科轉至國文科。是年起於《新思潮》、《文章俱樂部》、《時事新報》等撰寫小品與文評。

大正十二年（一九二三）　二十四歲

一月，菊池寬創立《文藝春秋》，自第二期起加入編輯群。

五月，〈會葬的名人〉（文藝春秋，後改題爲〈葬禮的名人〉）

七月，〈南方之火〉（新思潮）

大正十三年（一九二四）　二十五歲

三月，自東京帝國大學畢業。畢業論文為〈日本小說史小論〉。十月，與片岡鐵兵、橫光利一、今東光、中河與一、佐佐木茂索等二十來人創刊《文藝時代》，「新感覺派」誕生。

大正十四年（一九二五）　二十六歲

結識秀子，展開婚姻生活（但此時尚未正式登記結婚）。

八月，〈十七歲的日記〉（文藝春秋，後改題爲〈十六歲的日記〉）

十二月，〈白色滿月〉（新小說）

大正十五年・昭和元年（一九二六）

與片岡鐵兵、橫光利一、岸田國士加入衣笠貞之助的新感覺派電影聯盟。川端的劇本《瘋狂的一頁》拍成電影，獲全關西電影聯盟推舉為是年的優秀電影。

一月，〈伊豆的舞孃〉（文藝時代，二月完結）

六月，《感情裝飾》處女短篇集（金星堂）

昭和二年（一九二七）　二十八歲

四月，自湯島回東京，居於高圓寺。十一月，移居熱海。

三月，《伊豆的舞孃》短篇集（金星堂）

四月，〈梅之雄蕊〉（文藝春秋）

五月，〈柳綠花紅〉（文藝時代，日後與前作合併，改寫爲〈春景〉）

昭和四年（一九二九）　三十歲

九月，移居上野櫻木町。常去淺草公園取材，認識了劇團Casino Folies的跳舞女郎。十月，與堀辰雄、深田久彌、永井龍男等加入同人雜誌《文學》，犬養健、橫光利一也一同加入。

十月，〈溫泉旅館〉（改造）

十二月，〈淺草紅團〉（東京朝日新聞，五年二月完結）

昭和五年（一九三〇）　三十一歲

四月，在文化學院、日本大學授課。九月《淺草紅團》電影上映。

六月，〈春景〉（《十三人俱樂部》第一集）

十二月，《淺草紅團》（先進社）

昭和六年（一九三一）　三十二歲

與古賀春江、高田力藏等畫家相識相熟。

一月，〈水晶幻想〉（改造）

昭和七年（一九三二）　三十三歲

三月，伊藤初代來訪。梶井基次郎去世。

一月，〈給父母的信〉（若草，後分四篇刊載，於九年一月完結）

二月，〈抒情歌〉（中央公論）

九月，〈化妝與口哨〉（朝日新聞，十一月完結）

十月，〈慰靈歌〉（改造）

昭和八年（一九三三）　三十四歲

二月，《伊豆的舞孃》登上銀幕。十月，與武田麟太郎、林房雄、小林秀雄、豐島與志雄、里見弴、宇野浩二、深田久彌等人創辦雜誌《文學界》。

七月，〈禽獸〉（改造）

十二月，〈臨終之眼〉（文藝）

昭和九年（一九三四）　三十五歲

二月，直木三十五逝。三月，因松本學成為文藝懇談會的會員。十二月，至越後旅行。

昭和十年（一九三五）　三十六歲

三月，〈虹〉（中央公論）

五月，〈文學自傳〉（新潮）

一月，芥川獎設立，成為評審委員。冬，受居住於鎌倉淨明寺宅間谷的林房雄之邀，移居其鄰家。此後定居鎌倉至逝世。

一月，〈夕景色之鏡〉（文藝春秋）、〈白朝之鏡〉（改造，兩者均爲《雪國》的獨立篇章）

七月，〈純粹之聲〉（婦人公論）

十月，〈童謠〉（改造）

昭和十一年（一九三六）　三十七歲

一月，《文藝懇談會》創刊，任編輯。是年，新潮獎、池谷信三郎獎設立，任評審委員。

一月，〈義大利之歌〉（改造）

四月，〈花的圓舞曲〉（改造，五月完結）

十月，〈父母〉（改造）、〈女性開眼〉（報知新聞，十二年七月完結）

昭和十二年（一九三七）　三十八歲

七月，《雪國》與尾崎士郎的《人生劇場》同獲文藝懇談會獎。十二月，北條民雄逝。是年，移居鎌倉二階堂。

六月，《雪國》（創元社）

十一月，〈高原〉（文藝春秋，此中篇小說後以變換篇名續寫的形式在各種雜誌發表過，共計五次）

昭和十三年（一九三八）　三十九歲

四月，觀賞本因坊秀哉名人引退棋戰。

七月，〈名人引退棋賽觀戰記〉（東京日日新聞、大阪每日新聞連載至十二月，後幾經改寫爲〈名人〉）

昭和十四年（一九三九）　四十歲

二月，任菊池寬獎評審委員。於熱海過冬。

昭和十五年（一九四〇）　四十一歲

三月，與橫光利一、片岡鐵兵前往東海道旅行。

昭和十六年（一九四一）　四十一歲

一月，〈母親的初戀〉（婦人公論，後以〈我愛的人們〉系列連載至十二月）

春季至初夏，遊滿洲。九月，應關東軍之邀，與大宅壯一、火野葦平等人再度前往滿洲。於奉天、北京各停留一個月，於大連停留數日，十二月，太平洋戰爭開戰前夕回國。

昭和十七年（一九四二）　四十三歲

八月，以島崎藤村、志賀直哉、里見弴、武田麟太郎、瀧井孝作為編輯，創辦季刊誌《八雲》。

八月，〈名人〉（八雲）

昭和十八年（一九四三）　四十四歲

三月，前往大阪收黑田政子為養女。

五月，〈故園〉（文藝，斷續連載至二十年一月，未完）

八月，〈夕日〉（日本評論，斷續連載至十九年）

昭和十九年（一九四四）　四十五歲

四月，以〈故園〉、〈夕日〉等作品獲菊池寬獎。十二月，片岡鐵兵逝。

三月，〈夕日〉續篇（日本評論）

昭和二十年（一九四五）　四十六歲

四月，以海軍報導組員身分前往鹿兒島縣鹿屋的空軍基地。五月，與久米正雄、中山義秀、高見順等居住於鎌倉的作家開設租書鋪「鎌倉文庫」。後成為出版社鎌倉文庫，於日本橋成立事務所。熟讀《源氏物語》。

昭和二十一年（一九四六）　四十七歲

一月，鎌倉文庫創辦《人間》雜誌。三島由紀夫來訪。是年，移居鎌倉長谷。

二月，〈重逢〉（世界）

十二月，〈山茶花〉（新潮）

昭和二十二年（一九四七）　四十八歲

七月，新潮文庫出版戰後第一部作品《雪國》。十二月，橫光利一逝。

昭和二十三年（一九四八）　四十九歲

三月，菊池寬逝。六月，就任日本筆會會長。太宰治自殺。

一月，〈再婚者手記〉（新潮，斷續連載後於八月完結，後改題爲〈再婚者〉）

二月，〈橫光利一弔辭〉（人間）、《川端康成全集》十六卷（新潮社出版，昭和二十九年四月出齊）

十月，〈信〉（風雪別冊，後改題爲〈反橋〉）

昭和二十四年（一九四九）　五十歲

十一月，應廣島市之邀與筆會的豐島與志雄等人視察原爆災情。

昭和二十五年（一九五〇）　五十一歲

四月，〈時雨〉（文藝往來）、〈住吉物語〉（個性，後改題為〈住吉〉）

五月，〈千羽鶴〉（讀物時事別冊）

九月，〈山之音〉（改造文藝）

三月，鎌倉文庫結束營業。四月至五月和筆會成員一同訪問廣島、長崎。

昭和二十六年（一九五一）　五十二歲

十二月，〈舞姬〉（朝日新聞，二十六年三月完結）

二月，伊藤初代逝。

昭和二十七年（一九五二）　五十三歲

五月，〈玉響〉（別冊文藝春秋）

〈千羽鶴〉獲二十六年度藝術院獎。

二月，〈月下之門〉（新潮，斷續連載，十一月完結）

昭和二十八年（一九五三）　五十四歲

十一月，與永井荷風、小川未明一同獲選為藝術院會員。

昭和二十九年（一九五四）　五十五歲

以〈山之音〉獲野間文藝獎。

一月，〈湖〉（新潮，十二月完結）

七月，《吳清源棋談．名人》（文藝春秋新社）

昭和三十年（一九五五）　五十六歲

一月，〈伊豆的舞孃〉英譯（由賽登斯蒂克〔Edward George Seidensticker〕編譯）刊登於《大西洋月刊》。

一月，〈某人的一生中〉（文藝，連載至三十二年一月，未完）、《東京人》（一、五、十、十二月，新潮社）

昭和三十一年（一九五六）　五十七歲

二月，前往《雪國》拍攝地越後湯澤。

二月，《彩虹幾度》（河出書房）

昭和三十二年（一九五七）　五十八歲

三月，〈身為女人〉（朝日新聞，十一月完結）

三月，為出席國際筆會執行委員會赴歐，會見莫里亞克、艾略特等人，五月回國。以日本筆會會長身分，為九月東京召開的國際筆會大會盡心盡力。

昭和三十三年（一九五八）　五十九歲

二月，就任國際筆會副會長。三月，獲菊池寬獎。六月，至沖繩旅行。晚秋，因膽囊炎住院。

昭和三十四年（一九五九）　六十歲

四月，出院。七月，於法蘭克福的國際筆會大會獲頒歌德獎章。

昭和三十五年（一九六〇）　六十一歲

五月，受美國國務院之邀赴美。七月，出席於巴西召開的國際筆會大會，八月回國。獲頒法國藝術與文學軍官勳章。

昭和三十六年（一九六一）　六十二歲

一月，〈睡美人〉（新潮，三十六年十一月完結）

十一月，日本政府授予文化勳章。

一月，〈美麗與哀愁〉（婦人公論，三十八年十月完結）

十月，〈古都〉（朝日新聞，三十七年一月完結）

昭和三十七年（一九六二）　六十三歲

一月，出現安眠藥的戒斷症狀，住院。十月，加入世界和平七人委員會。十一月，《睡美人》獲每日出版文化獎。

昭和三十八年（一九六三）　六十四歲

四月，財團法人日本近代文學館創立，任監事。

昭和三十九年（一九六四）　六十五歲

六月，出席於奧斯陸舉辦的國際筆會大會。七月谷崎潤一郎逝。

昭和四十年（一九六五） 六十六歲

一月，〈某人的一生中〉（文藝，定稿）

六月，〈蒲公英〉（新潮，斷續連載至四十三年十月，未完）

十月，辭任日本筆會會長。

九月，〈玉響〉（小說新潮，連載至四十一年三月，未完；此爲NHK晨間連續劇所寫的小說，與二十六年發表的小說同名）

昭和四十一年（一九六六） 六十七歲

一至三月，入東大醫院治療休養。六月，赴松江旅行。

五月，《落花流水》散文集（新潮社）

昭和四十二年（一九六七） 六十八歲

二月，針對中國文化大革命，與石川淳、安部公房、三島由紀夫聯合發表聲明，呼籲「維護學術與藝術的獨立自主」。

十二月，《月下之門》（大和書房）

昭和四十三年（一九六八）　六十九歲

六至七月，於參議院選舉時擔任今東光的競選總幹事。十月，獲瑞典皇家科學院授予諾貝爾文學獎。十二月，於瑞典學院以〈我在美麗的日本──其序論〉為題，發表紀念演說。

十二月，〈秋野〉（新潮）

昭和四十四年（一九六九）　七十歲

一月，結束領取諾貝爾獎的歐洲之旅回國。三月，前往檀香山。四月，獲選美國藝術文學院榮譽會員。五月，於夏威夷大學發表題為〈美的存在與發現〉的紀念演說。《川端康成全集》（新潮社）刊行。六月，獲同大學的榮譽文學博士，回國。九月，出席舊金山拓荒百年紀念日本週，舉辦特別演講〈日本文學之美〉。

一月，〈夕日野〉（新潮）

昭和四十五年（一九七〇）　七十一歲

六月，出席臺北舉辦的亞洲作家會議並發表演說。同月底，出席首爾的國際筆會大會，於漢陽大學舉行紀念演說〈以文會友〉。十一月，三島由紀夫切腹自決。

一月，〈伊藤整〉（新潮）

三月，〈鶯舞西空〉（新潮）

四月，〈蓄髮〉（新潮）

十二月，〈竹聲桃花〉（中央公論）

昭和四十六年（一九七一）　七十二歲

一月，任三島由紀夫治喪委員長。四月，全力支持秦野章競選東京都知事。

一月，〈三島由紀夫〉（新潮）

四月，〈書法〉（新潮，五月分載）

十一月，〈隅田川〉（新潮）

十二月，〈志賀直哉〉（新潮，連載至四十七年三月，未完）

昭和四十七年（一九七二）　七十二歲

三月七日，因急性盲腸炎住院開刀，十五日出院。四月十六日，於逗子海洋華廈內的書房以煤氣自殺。《岡本加乃子全集》的序文成為絕筆。

九月，《蒲公英》（新潮社，未完的長篇遺作）

昭和四十八年（一九七三）

一月，《竹聲桃花》（新潮社，遺作集）

四月，《現代日本文學集　川端康成》（學習研究社）、《定本　圖錄川端康成》（日本近代文學館編，世界文化社）

（本年譜參照《新潮　川端康成讀本》編製）

作　　者　川端康成
譯　　者　劉姿君
社　　長　陳蕙慧
總 編 輯　戴偉傑
責任編輯　周奕君・戴偉傑
行銷企畫　陳雅雯・趙鴻祐
封面設計　IAT-HUÂN TIUNN
內頁排版　宸遠彩藝
集團社長　郭重興
發 行 人　曾大福
出　　版　木馬文化事業股份有限公司
發　　行　遠足文化事業股份有限公司
地　　址　231新北市新店區民權路108之4號8樓
電　　話　02-22181417
傳　　眞　02-86671065
E m a i l　service@bookrep.com.tw
郵撥帳號　19588272 木馬文化事業股份有限公司
客服專線　0800221029
法律顧問　華洋國際專利商標事務所　蘇文生律師
印　　刷　前進彩藝有限公司
初　　版　2023年5月
定　　價　290元
I S B N　978-626-314-425-5

歡迎團體訂購，另有優惠，請洽業務部02-22181417分機1124
特別聲明：有關本書中的言論內容，不代表本公司／
　　　　　出版集團之立場與意見，文責由作者自行承擔。

國家圖書館出版品 預行編目（CIP）資料
雪國／川端康成著；劉姿君譯. -- 初版. --
新北市：木馬文化事業股份有限公司出版：
遠足文化事業股份有限公司發行, 2023.05
184面；14.8 X 21公分. --（川端康成作品集；4）
譯自：雪国
ISBN 978-626-314-425-5（平裝）
861.57　112005424